瓶子里的西班牙阳光

雪一凡 著

世纪出版集团 上海人民出版社

上海世纪文睿文化传播公司 出品

有两种人创造世界，征服者和写作者。

文字是构建海市蜃楼的砖。在宇宙，在星球中，我们都是渺小的一簇，所以能亲手创造一个世界是非常幸运的。我已经不再能做顽劣的少女了，深切地知道人永远都无法改变围绕自己的运转世界，适应环境是我们得以生存的唯一方法。纯真，勇气，人性都很容易被大流的媚俗吞并——没有人不愿意自己活得更轻松。而写作能创造的世界像一个巨壳，能保护这些珍贵的特别的事物永远存在一星一点。它倾入了笨拙的嘴无法表达的人生观和价值观。我唯一能做的，就是不停地建造，打磨这个壳，让它饱满，让它充满力量，让它永远不会被俗世、规则、急速运转的时间取代。

有一天巨壳碎了，它的内核依然可以像外皮一样坚韧盈光。

这本书中所含的年少时的作品，就是极不成熟、易碎的壳，但同时又是璞石。

要做到这一切还要很久很久……所幸地球还不会这么快殒灭。

因此断量一个好作品如此简单：噢，我感觉到它的灵魂了。

——鲁一凡

目录

瓶子里的西班牙阳光　　001

乐园祭　　025

小衣服　　049

胶囊恋人　　071

彼岸空与茱丽叶　　097

嗨你电话号码多少?　　117

女巫的名字是亚野　　135

失焦　　167

瓶子里的西班牙阳光

我十二岁的时候，在上海，第一次带我去酒吧的人是罗肃，他要了两杯 Amontillado，对我说，这是装在瓶子里的西班牙阳光。我十八岁的时候，在巴塞罗那，第一个带我去酒吧的人是卜一，他给我喝的是 Palo Cortado，个性醇烈，有点呛。他眯起眼睛说这是装在瓶子里的魔鬼斗牛士。

　　我已经将近半年没见到罗肃。卜一是我的男朋友，我喜欢他锋利的眉骨，更喜欢和他在蒂亚戈那街饮酒，他和我一样也是西班牙留学生。

——《伊鲨留学短记》

白马王子和他的小贱人

　　我是一个太阳能灯，也许这样说有点降低了我的身份。但在波搭尔德依安吉儿街卖我，可是件价值不菲的差事。

　　实际上我只是暂住在里面而已，无需知道我是什么东西。我是个笨蛋加调皮大王，最喜欢做的事是睡觉，所以当我的朋友们钻到各种各样的高级住所去的时候，我找到了最适合我的地方——阳光瓶子。总之它的功用就是白天吸收太阳的光能，到了晚上散发出异常柔和的光线来制造……比如浪漫之类的东西。不管怎样，我也算是一只造型独特的阳光瓶子，像一轮透明的月亮。

　　一阵轻松的脚步声钻进我的耳朵，我偷偷爬出瓶子。哇噻，多可爱的小伙儿，看那深邃的棕色眼睛和性感的嘴唇，真想上去亲一口。他好像是朝我走来了,我害羞地躲进了瓶子里,眼睛却紧紧地盯着瓶子外那个模糊的身影。他把我从柜子上拿下来,按下开关,我立刻拼命让瓶子亮起来。他带着我往底比坦甫街走,我藏在他的后背包里,随着他走路一起一伏。

过了好久,我被男孩放在了一张桌子正当中,然后他打电话叫了一份外卖,随后又不断地看表。我转转眼珠,偷偷环顾这个屋子,这应该是他的家吧?不太大,墙纸很多都剥离了,屋子也挺乱。差不多到晚上八点,男孩的肚子报了第三次时之后,有上楼的脚步声从门口传来。他迅速熄灭了灯,打开了瓶子上的按钮,它开始散发出微弱的光芒,我偷偷爬到瓶口,看到有个姑娘木头木脑地在门口愣了一会儿,跑进来神情古怪地看着我。这不会是他的小女友吧?我不喜欢她。她的黑发又浓又密,皮肤却很苍白。柔和的光线在她眼里聚成一线火焰,她眯起眼睛看了我一会儿:"这些菜是你做的?"

"当然——"王子拉了一个拖长音。

"那我不吃了。怕被毒死。"

"诶诶诶,我买的好了吧。"

她这才笑出声来:"那我吃的,都吃个精光,你在旁边看着。还有——"她收起笑脸,"我不需要这种东西,你啊,什么时候成熟一点就好了,喝酒赌球,乱买东西,没长进。"她用手指戳了一下男孩的脑袋,被他一把抓住,放在唇边亲了一下,他眼里有点怒气,但是脸上还是笑眯眯地哄她:"只是个小礼物嘛,下次不会了。"

没等小贱人发表意见,我咻地灭了灯光,房里发出一声惨叫。

附：罗肃的邮件

我和她又吵架了。今天她把家里的东西都砸光了。我搬走了，也许我会回去，也许……

不过，我升职了，新工作不错，你在那边过得怎么样，你的西班牙语进步了吗？我很想你。衣服多穿一点，晚上睡前把门窗关好。记得我很爱你。我希望你和男朋友相处得不错，不然你知道我会揍他。祝你好运。

我很怕黑。非常。小的时候他们吵架，我躲在屋子里，整夜不敢关灯。来这里的第一个月，我住在学生公寓，和我同屋的是个勤奋的韩国姑娘，作息很规律，对光线特别敏感。我这个偏执的行为让她近乎崩溃。我们更没共同语言，因为我害怕跟她交谈巴特娄之家的时候她会告诉我高迪是韩国人……当我搬出去的那一天，这姑娘握着我的手，眼里闪着朦胧的泪光，害得我也有些触景伤情。等到搬着行李跟卜一走了一大段路，这才想到那应该是激动的泪花。

废话这么多，其实我想表达的只是，我喜欢那个小东西。嗯哼。

——《伊鲨留学短记》

会嫉妒的女人才是好女人

据我观察，他们的感情忽好忽坏，我这个新房客搬来的一个礼拜里,基本上是小吵天天有大吵三六九,而且,他们的经济非常紧张。年轻的女主人叫伊鲨,她的性格就跟她的名字一样,是条名副其实的小鲨鱼。每次小鲨鱼发飙的时候,卜一采取的战术是不理睬,但是不代表他在忍气吞声,他时不时要嘲讽她两句,似乎看她恼怒的样子也是他的兴趣之一。

同时也是我的兴趣之一。

我从伊鲨的帽子里探出脑袋。这是很少的情况,她和卜一都在,但是他们隔得很远,甚至互相间没有眼神的交汇。就在今天早上,他们又大吵了一架,令我高兴的是原因是因为我。伊鲨认为我的质量很有问题,应该检查一下,口气太冲导致卜一当场冷着脸来了一句"你也该去检查一下"。这彻底惹怒了小鲨鱼,她张开血盆大口差点把屋顶给搅合翻了。事情的收尾是伊鲨打破了卜一最喜爱的一只搪瓷瓶,是卜一他爸给他的。

嘘,我要告诉你们一个小秘密。实际上那并不是伊鲨打破的,是我偷偷地把那个瓶子推下去,在伊鲨正好在它身旁不足一尺远的时候,谁说得清呢? 这房子里还有别人么? 我看到卜一走出门的时候女孩背过身抹了一下眼睛,我也抹了一下眼睛,抹掉突如其来的小阴霾。

"最起码也应该尊重一下我的剧本吧。一粟在被她未来的嫂子欺负的时候,不是就会哭哭啼啼,而是很坚强地忍着泪的样子,也不是你这样,装作柔弱地大哭。"

"行啊,我没说不行,你演给我看啊,让我看看这个女人是怎么表现自己又柔弱又傲骨的样子,像这样?"她做了一个痛不欲生又努力忍住的表情,惹得周围的人一下子哄笑起来。伊鲨的脸胀得通红。

"还有啊，我不明白是不是你们中国女人都这么懦弱，被人欺负还不吭声，你不能让我一直当一个软弱无能的悲情妇吧？我们都觉得改成偶尔还击一下会更吸引人，你说呢，卜一?"

我托住下巴，那个说话的女人叫梅塞，混血的西班牙姑娘，颧骨高眉骨突，用伊鲨的话来说，一张脸就像个狐狸精。没错，不过她是卜一的静态剧集的模特。他们需要靠这个去比赛。我以前不知道伊鲨会写故事，不过有什么关系呢，这年头，谁动两下键盘都能号称自己是写作者。但是梅塞就不同了，虽然她很妖冶，但是只要她愿意，卜一可以把她的每张照片都拍得很完美，很生动，她不但美，而且很聪明，知道怎样流露他需要的情感。

"回去再讨论下吧。毕竟这个是静态剧，有些地方也不用太苛刻了。"卜一的眉头微微锁住，咖啡棕的眼睛瞅着不知道什么地方，不过我想说，他这个样子真是迷死我。伊鲨踩着重重的步子，临走前从卜一手里扯过自己的剧本，有两张因为用力过猛撕裂了一点。

　　附:罗肃的邮件
　　她的生日要到了，你要记得，我已近一个月没有回家了。记得打个电话给她，省得她叨念。

　　记得第二个停电的晚上我跑去酒馆找卜一，看到他和一群人在拼酒，我一点面子也没有给他，上去就把酒泼在他脸上，然后拉着他回家。他们都看着我们，目光像燃烧的火烛。我的手在颤抖，害怕他下一秒就会甩开我，但是他没有。他用醉醺醺的嘴在我的嘴唇上亲吻了一下，那是熟悉的雪利酒的味道，又甜又涩。他眼里透着深深的情意，我看不懂，也不想看。我们从相爱到同居，我从没有怀疑过我的选择，而就在这一刻，我突然恐惧地觉得，我选错了。现实慢慢把我们拉开。我选错了。只有爱情没有面包的日子没办法持久。我选错了。像我母亲一样。

——《伊鲨留学短记》

热腾腾和酸溜溜

公寓突然停电的时候，我慢慢亮起了自己的灯光，伊鲨睁着眼睛看我，睫毛那么软那么长，瞳孔里有一团我造出的火焰，在黑眼珠上形成一个焰火般的深渊。"好美……"她把手放在我的瓶身上，轻轻地吻了我一下。过了一会儿，她慢慢地睡着了。大概过了不久，卜一回来了。他宽厚的肩膀显得有点孤单，他放下书包和相机，摸了摸女孩柔软的额发，也摸了摸我。

"谢谢你。"他对我说，关掉我头顶的开关。

当他们都沉入梦境后，我偷偷跳出瓶子，翻开床头柜里女孩的剧本。

剧本里的女人叫一粟，她有一头极长的黑发，她不算漂亮，但是身材高挑，气质卓人，很勤劳。她妈生了很多女儿，她的青春都用来照顾姐姐，照顾老母亲了。到了她三十岁的时候，她才开始约会。

她的同学忍不住介绍了一个男人给她。她也就凑合着谈了。出乎意料的是,男人很浪漫,是个业余的小木匠,会打磨一些有趣的东西给她。他会带着一粟去跳舞,最重要的是,他脾气非常好。单位发奖金的时候,他会买一瓶酒,葡萄酒,Jerez,他们都喜欢喝。但是她的姐姐们都不喜欢他——他太穷了。

小木匠家里只有二十个平方,楼上楼下,还住着他的哥哥嫂嫂和他那满脸皱纹的老母亲。而即使这样,当他把廉价的婚戒递给她的时候,她还是答应了。

婚后他妈妈说自己身体越来越不好了,都是因为这一家子的缘故。她因为小儿子的成亲只能睡地板,又横竖看一粟不顺眼,整天大吵大闹,最后儿子也只能投降转而跟妻子商量:"我睡地板,你和我妈还有女儿睡床。"

两人争吵起来。一粟妥协。闭上眼睛,眼泪从她的眼角流下来,她想了五分钟,随后把女儿从床上拖起来:"快起来,上学了。"

我跳进瓶子里,摸摸冰冷的瓶子,有一种从未有过的感觉贯穿了我的全身,热腾腾的,酸溜溜的,在我胃里钻来钻去,最后无声无息地消失了。这是我以前从未有过的感觉,有趣的是,却不为自己。

大概就在这段剧情发生的半年后,一粟一家离开了她的婆家,他们慢慢开始正常的生活轨迹,慢慢有了新房子,旧日的创口随着时光的流逝都成为了一种内心的成长与雕刻。在他们最艰难的时候，一粟曾经买回一瓶酒，她决定跟他说再见。那天晚上他们在大排档的小摊上，像交往的时候一样聊天。他说："一粟，这些年受苦了。"她想说是，又不愿再伤他。

"你看这雪利，酿造的初期从来都不会太顺利，要经过三到五年的陈年时间，用一种索乐拉式的陈化法，一点点给老酒注入新鲜血液。抽出的都是最底层的酒酿。最后出产的才能保持甘冽清甜的味道，又保有一种值得男人豪饮的醇厚。我们的生活，一直以来都从最底层抽出让我们苦涩的东西，但是几年以后，它一定会有当初辛苦的道理。你知道跟着我不会荣华富贵，但是你还是跟了。我知道带着你一定会熬出头来，你也要相信终会有这么一天。"

她心里觉得他说得恶心，但在到家之前，她却偷偷撕了那张离婚协议。不是被话语打动，而是这个意志从一开始就不坚定。

我听见他们起床的声响。

"晚上我们去古埃尔公园吧。"

伊鲨愣了一下，随后一下子跳到男生的身上："……好！"

傍晚，她在入口等卜一。天已经慢慢暗下来了，但是卜一还没有出现，伊鲨不断地给自己打气，最后她接到一个电话。

我偷偷钻进包里，不忍心看她瞬间黯淡的眼神，过了一会儿我又忍不住钻出来，慢慢发出光亮。她看到光，把我拿出来端详："你这个家伙，从一开始就没正经过，伪劣产品。可是我真是离不开你了。"她把脸贴在我冰冷的瓶身上，"不知道为什么，即使我们走近了，我也依然有时候会感到自己离他好远，好陌生……"

　　附：罗素的邮件

　　今天我们在咖啡厅见了一面。她脸色看起来更黄了。我点了一杯雪利酒，可是她一口都没动，她走的时候，我看到她座位上有掉的东西，是张辞呈。

　　这是我到巴塞罗那的第五个月，却没有去看过高迪。我爱死了那个男人。羞涩、呆板，甚至终身没有娶妻的男人，用他荒谬疯狂的心，撑起一片奇迹般的设计。

　　我妈妈也喜欢他。而爸爸喜欢 Jerez，他说我们一家都应该来这里看看。如今我独自一人在这个城市。并没有初来的时候想象的那样拥有一大群朋友，兜遍华美的街道，感受异域的风情，更多的是现实的无奈。还有遥远彼岸不想回望的镜面，都反射出刺人的光。

　　你呢？你孤独么？哦，你有古埃尔。我只有我自己。你终究还是幸运的，安东尼奥·高迪。

——《伊鲨留学短记》

流窜在巴塞罗那的夜

　　他们都是倔强的人，伊鲨从来不肯问父母开口要钱，卜一的自尊心就更强了，再加上自己妈在国外打拼本身就不容易，还有对他的苛刻,一提到他妈,卜一就双眉紧锁。当他们穷得买不起晚饭的那几天,卜一买了几碗泡面。第二天晚上伊鲨就开始肚子疼,后来实在疼得不行,马桶里吐的都是方便面的油。卜一不在家,伊鲨关了灯,把我抱在她怀里,过了许久,她用纤细颤抖的声音说:"我想回家……"

就是在那一刻,我突然好希望自己不只是个会发光的烂瓶子。

那天伊鲨回到家以后,看到卜一发来的邮件:我们的剧本刚刚被采纳进入复赛了,将会有一笔丰厚的奖金。我终于可以给我妈看看我的成绩了。当然,你知道如果在决赛有好成绩的话,也许能够让我们去马德里溜一圈。我马上回来了,只是想跟你分享这个好消息,晚安,我爱你。

她把我打开,用脸挨近我,我可以看到她细微的毛细血管。我知道,他们的好日子就要到了,而当我转过头看她的时候,发现她的注意力没有集中在邮件前半部分的内容,而是用手指在最后五个字上腾空轻轻地画了一条线。我顿时明白,那才是她一直缺少的,最在乎的东西。

这天晚上,女孩抱着我躺在被窝里,她一直看着我,好像知道我也在看着她一样。

"宝贝,我不是怕黑……也许我只是害怕——夜晚。"她摸着瓶身,"在我小的时候,有一次妈妈和我回到家,她发现桌子上的几百块钱没了,在当时几百块钱不是小数目,况且我家条件也不好。家里的门是锁着的,我奶奶不在,只有我叔叔和他老婆在。我妈妈哭着打电话给我姨妈,我姨妈训斥她,自己不把钱放放好,一点防备之心都没有,哭什么哭。后来的事我也忘记了,只记得那天晚上,家里很吵，我站在床头，左邻右舍都在家中，我妈妈被抵在冰箱门上，我叔叔的老婆拎着我妈妈的领子，眼睛瞪得很凶，她叫道：'你再说一遍，你再说一遍，信不信我抽你，信不信？'当时我就在旁边的床上，我想过去把那个女人扯开，我想打她，可是我太小了，我不知道我除了哭还能干什么。屋子里充斥着我凄厉的哭声，邻居闹哄哄的劝导声，那个女人的吼叫声，全部盖过了我妈喘息的声音。我只能看着她苍白到极点的脸，张着嘴却一句话都说不出，还有邻居对她说：'好了，你女儿还那么小，你看她哭的，别闹了，钱的事就算了！'

"我在边上，我好恨他们，我什么都做不了。我知道那个钱定是我那赌博的叔叔拿的。

"后来，我的奶奶和那个女人一起把我们赶了出来。也许是我妈自己想走的。那些过往云烟一点点都随着时间消逝了，在我深刻的童年记忆里，那个场景却从来都没有消退过，那个时候是我人生中最无助、最可怕的时候，甚至每一次的回忆都会带来细微的战栗和满眶无法流下的眼泪。我第一次感到心脏在痛苦地跳动，没有人会相信，那个时候我已经明白了很多事，我只有四岁。

"也是那个时候，我开始变得胆怯，害怕生人，极度依赖，恐惧孤独。并随着年龄的增长演变成伪装的强势。我没有后盾，我不允许我的生命中还有其他人来伤害我，伤害我的家……"

她没有让我看见她眼底的泪水，因为我知道它们都流在了她心里，那一定是终年湿润的心房。

附：罗肃的邮件

今天我们见面了，就……随便聊聊而已。不过这是个好兆头,你说呢?很想你,希望你过得好,别太辛苦了,你总是对自己要求太高。

我们的静态剧本进入了复赛,拿了一大笔奖金和经费之后,卜一他老娘为了奖励儿子,把他的账户解冻了。我的期中考试也顺利地通过,虽然不尽如人意,也算是一个好结果。不管怎样,这意味着我们将开始全新的生活,最辛苦的日子我忍过去了,往后一定会更好。

我做了一个梦。梦里面我不再是个穷人家的孩子,我和我爱的人有一栋大房子。我们在一个温暖潮湿的城市,早上起来能看日出,我们的房间里有蜡烛亮着,我们的屋外有海浪的声音。突然之间,它们疾风骤雨般地腾空而起,逐渐淹没了门廊,有冰冷的海水漫进来,浇灭了地上的蜡烛,我惊恐地往后退,可是它步步紧逼,掐住我的呼吸,在冰冷的海水里,我看不见别人,只有我自己。当我醒来的时候,发现确实只有我自己。

——《伊鲨留学短记》

我被绑架了

我做了一个梦。梦到伊鲨把我扔了⋯⋯

当我醒来的时候,我发现,我确实⋯⋯不在那个又脏又乱的小屋子里。我在一个教室里。确切说,我被人捧在手里。我的老天爷,这不是梅塞么？当我看到伊鲨在台下的时候,我终于安下了心。他们是在素描,梅塞应该是他们的静态模特。

"东西还给我。"

我抬头一看,伊鲨冷着脸站在他们面前,对梅塞伸出手。

梅塞困惑地一歪头。

"瓶子。写生课好了吧,给我。"

"为什么给你？卜一亲自把这个给我,你要的话也问他要啊。"

我瞪大眼睛,这话可真是气人啊,偏偏伊鲨又老实,在那边睁着眼睛什么话也说不出。旁边的人还在看笑话。

"你还给我。"她提高了音量。

"我不给你。脑子有病。"她昂起头转过身,伊鲨上前一步拉住她的手想要硬抢,力气却着实没有梅塞大,一个趔趄就要摔倒,她手忙脚乱拉住梅塞的衣服,梅塞惊叫一声,两个人还在纠缠之际,我已经滑出了梅塞的手心,我捂住脑袋,砰地一下摔在地上。月亮的头有点磕坏了。

我摔得有点晕,迷迷糊糊看到有男生把我捡起来:"伊鲨,你怎么回事。"

"我怎么回事？它本来就是我的。"

"那你也不用抢不用摔吧。写生课需要用,是我给梅塞的。伊鲨,懂事点。"卜一的声音很沉。伊鲨什么也没说,她也没有碰我,从我身上跨过去,走出了教室。

我闷闷地待在卜一身边,现在我已经不再依赖卜一了,我更渴望待在伊鲨身边。他拿出手机给伊鲨发了条短信:"鲨鱼宝宝,别生气,我等会儿来找你。"

差不多到八九点的时候,卜一忙完了自己的事情,犹豫了一下买了一小盒精致的干花,去班级里找伊鲨。

"伊鲨啊,她去打工了。"

我突然有种不好的预感。

利波街旁边是保克利斯街和狄亚哥纳街。到了晚上灯火不灭,酒吧、餐厅、舞厅,到处都是西班牙女郎热情的笑声和刺耳的音乐。卜一站在哈塞洛的门口,看着里面穿着背心和短裤的服务生,眉头一点点皱起来。

我紧密地搜索着伊鲨的踪迹,她正被几个西班牙小伙纠缠不放。

卜一突然冲过去把酒泼到一个西班牙小伙的脸上。

"疯子!"几个男生瞬间跳起来,拿起瓶子,手上的肌肉紧绷得让伊鲨看了害怕。

"对不起,对不起,拜托!"她拉着卜一,"真是对不起!"

"你疯了,快走!"

"妈的,混蛋……"

伊鲨拉着卜一走到店门口,她脸色很憔悴。

"你看你像什么样子!"

"你对我像什么样子!"

空气忽然凝固了,两个人都非常狼狈,一瞬间都不知道说什么。

"我去换衣服。"

回家后卜一拉开包,把那包礼物丢进了垃圾桶。我看着它,默默地想:真为你遗憾。

附：罗肃的邮件

在我们生活的这几十年里，不是没有过幸福。只是，很短暂。总有一个磁场不对，让我们互相伤害。但真实的是，我希望能和她永远在一起。

我曾经在剧本《一粟一诉》里写过一句话：人类的欲望和矛盾无穷无尽，有的时候，短暂的幸福只是欲望的暂时终结，周围的磁场能够平衡的时候，情况就会很好，可是一旦外界有一点点压力给予这个脆弱的磁场，它就会开始产生碎裂、伤痕，最后死在它自己手里。只是，到尽头都不能明白为什么自己会这样。

我妈曾对我说，希望我以后能嫁给一个有钱人，这样就不用苦大半辈子了。

而其实，我们都明白，那只是那个磁场中最微不足道的东西而已。

——《伊鲨留学短记》

玫瑰与书

这两天小夫妻俩非常安静。我这才安下心来。并且，我偷偷做了一个小礼物，准备以卜一的名义送给伊鲨。

两个月前过新年，伊鲨告诉卜一她爸爸搬回了家里，卜一摸摸她的头说:"我就知道他们会在一起的。"

"就像我们一样。"他对她说。

伊鲨便翻翻白眼,"你哪儿比得上我爸。"

现在,时间已经是四月了。每个年轻人都在准备圣裘帝节——西班牙版七夕。

为了准备给卜一的情人节礼物,伊鲨已经熬了好几个通宵。为了宣传静态剧本,卜一要在校园里搞一个活动,他们约好傍晚时分在喷泉公园见。

这天到得很快,兰布拉大街周围很快就成为了书和玫瑰的海洋,架起的大棚内到处都是鲜花和各种藏书,加泰罗尼亚的区旗在空气里点燃黄红相间的味道。人们张开又闭上的嘴唇里吐露出玫瑰花的香气。

这就是为什么我喜欢这个世界。他们总有机会表达自己泛滥的感情。

伊鲨的眼睛亮晶晶的,这是她想要的世界。这个世界像是灰姑娘的梦境,但是只持续到下午五点。她在等待王子给她的水晶鞋。她回到原点,等待卜一。他就在她对面,和另外一个女孩子一起。他送给梅塞一朵玫瑰花,他就要朝伊鲨走来。

马路中间的人流还没有散开,大家还在狂欢的空气里走动、交谈。她看不到他。他拿着他的推车想要过马路,人群从他四面走过,空气变得潮湿,时间的呼吸很轻。他穿过马路,一部速度很快的推车朝他撞来,伊鲨睁大眼睛。大家笑着大叫,男孩的车被撞倒在地,他的最后一束玫瑰掉在地上,车子碾过,玫瑰花发出轻盈的呻吟。

潮湿的空气停滞下来,时间的呼吸变重了。

那束倒在地上的玫瑰花,慢镜头透进伊鲨的眼睛里。她转头,拉起衣衫的帽子,不让卜一看见她。

她回家,把那本素描扔进了垃圾桶。那一刻我想,我不必为那干花惋惜了,因为有更值得惋惜的东西,或许以后,还有更多。谁知道呢。人类,为什么可以这么复杂,自始至终我都不能理解。我只是知道,她没有怪卜一,她是怪自己。

附:罗肃的邮件

人类真是复杂的生物吧。如果有一天我和你妈妈不在一起了,你会……难过吗?

我十八岁的时候,在上海,最后一次带我去酒吧的人是罗肃,他要了两杯 Cream Sherry,对我说,希望你的未来能和它一样美味。我二十岁的时候,在巴塞罗那,最后一次带我去酒吧的人是卜一,他给我喝的是 Fino Sherry,我们都没有说话。

我已经将近两年没见到罗肃了。我仍然喜欢卜一锋利的眉骨,更喜欢和他在蒂亚戈那街饮酒,他和我一样也是西班牙留学生。爸爸还是爸爸,只是,他不再和我妈妈在一起了。卜一还是卜一,只是,不再是我的男朋友了。

——《伊鲨留学短记》

从一开始就不应该怪罪面包

无法在一起的理由有很多种。有些东西,在潜行之中,看似简单,实则复杂。就像一粟,当他们慢慢走上正轨的时候,他们总有很多事情无法达成意见的统一。他总是帮着自己那个作恶多端的嫂子和母亲说话,他在房价最便宜的时候迟迟不肯动手,却总是买回来一些用不着的东西。他为了工作对家庭不管不顾。他也不能理解为什么自己作为一个男人已经有这么多让步,却还是不能让她满意,不明白他们之间到底出了什么问题,不明白为什么曾经的浪漫一去不复返。

不明白为什么,在他们最苦的时候,他们熬过来了,却在终于慢慢开始要幸福的时候,再也无法支撑下去。

我的小工作也快要完成了,我想挽回,即使不知道有没有用。

但是那天晚上的那个电话,伊鲨的表情,让我的心冰凉冰凉,不知道还要不要坚持下去。她爸爸打电话来对她说,他们离婚了。

我想她心里很早就清楚这个时刻会到来,只是,无法承认现实中的到来。

空气里都是黑色的呼吸,云层很厚,灰蒙蒙像是要下雨。卜一盯着她看了良久,没说话。他坐在床上,那是他们一开始最喜欢的地方,会在上面写作业,学习加泰罗尼亚语,亲吻。她把我递给他:"这个……还给你。"

我感到心口一痛。

卜一拿着我，坐在床上，他看着我，我想他从来没有这么深情地注视过我。伊鲨整理好行李，拉起拉杆，卜一在她后面送她到她的新住所，他看着伊鲨说："想要回来就打我电话。"他看着伊鲨转身的背影，突然把我举起来。那一瞬间我感到自己很轻很轻，像要飘出这个世界。有一种宿命的感觉紧紧抓住我的喉咙。我承认，我很害怕。但是，我并不后悔来到他们的世界。

卜一把我狠狠地扔在了地上。瓶子受到强大的撞击发出"砰"的声响，那个漂亮的月亮……

碎了。

我的意识……碎了。

同一秒钟，伊鲨转过头。同一秒钟，她看见那个碎了的瓶子发出了轻柔的光亮，在里面用小钢丝绕成的伊鲨的英文名字发出清澈金黄的光线。同一秒钟，云层忽然破开一道裂痕，一道清冽的光线从空气里升腾起来，黑色的呼吸轻轻地散开。心底聚拢的云层忽然消失了，沉重的无法呼吸的阳光涌进来。

我是伊鲨。那是特别的一天。我从没有哭得那么伤心，不管是刚开始到这里跟同学搞不好关系，还是不被最爱的人理解，即使在那天，他们离婚那天，我感觉自己的心痛得快要死掉了，都没有像现在这样，感到有什么东西，永远地离我远去了。当阳光冲破空气掉落进我瞳孔的一瞬间，那种感觉就像我第一次喝雪利酒一样，浓烈中带着甘醇，无法忘记的感觉。像是装在瓶子里的西班牙阳光。

我从来就极度缺乏安全感，即使对自己最爱的人，都无法坦诚心扉。却在那些黑暗的日子里，对着柔和的光亮，诉出留在心膛里，无法言说的伤疤，让我忽然隐约觉得，原来，我也能够感受到微小的，不被察觉的温暖的目光。

可是那天突然让空气中的黑暗通通消散的，难道是真正的阳光吗？

我不知道。

我只知道，我想抓住他，不要变成我的母亲一样。我永远都不能够忘记在西班牙的那些夜晚。夜晚中只为我一个人照亮的光芒——是我在这个世界里最殊荣的待遇。

最后，一粟离开了他。他们分道扬镳，互相深爱，互相伤害。

她是我的母亲。我叫罗伊鲨。我妈妈叫伊粟。

人们真是让我感到恶心。连同我自己。我非常清楚，从来都不是苦日子摧毁了我们，是我们自己，用苦日子当借口，因为它滋生出种种不满、可怕、憎恶的情绪，然后全部归罪于我们不合适，因为我们不是一个世界的人。

真正的原因却是，我们自私。因为痛苦的时候以为幸福在前方，拼了命地努力去获得自己想要的，在终于衣食无忧的时候发现，我们之间还是存在着这么多问题，一直都没有根本解决，那个时候累了好久的心终于不愿意再坚持下去。可以共苦，却无法同甘。多么悲哀。

而那些日子，支撑我撑过来的，并不是其他什么，包括我感谢的那些光芒，是我对你的爱。是因为我爱你，所以那么艰难的岁月,我都不愿意离开你。却在撑过去以后发现,在忙忙碌碌中,我们遗漏了互相的情感,再要一点点捡起来,我不知道还有没有这个勇气。即使我有,你有吗?

那么现在,我愿意有,你愿意吗?

乐
园
祭

vol.1 午夜

鞋子陷入银白色的雪中。

脚踩在上面会发出玻璃碎裂般的轻微声响,然后鞋子凹陷下去,等到拔出来后,就是一个圆圆正正的脚印。波勒把脚抬起来,抖落掉一点积雪,眯起眼睛看向远处,那是迷蒙大雾喧嚣着遮蔽了的塔楼的顶部,模模糊糊能看见上面时针分针的指向,巨大的黑色钟盘面无表情地缓慢前行。积雪落在上面,黑色,白色,如同交织一季的重叠阴影,给深灰色的夜空烙上标记。前几天的时候波勒就发现有东西一直攀在上面,却看不出是什么。

黑夜的幕布悄无声息盖着的钝重的空气,慢慢柔软起来,但是触到男孩脸上还是如同锋利的刀刃,砍在积压着杂草般暗红色气息的胸口间。天气冷得令人发毛。他抬起头往东南角看去,黑暗里那个尖顶的塔楼显得模糊灰暗,连接着的巨大剧场隐没在浮动的阴霾中,影影绰绰倒映出一点轮廓,寂静恍惚间成了一种时态。他感到除了自己的脚踏在积雪上的"咯吱"声之外,还有一个细碎的声音似有似无地尾随着自己。波勒的眼睛却没有离开那个尖顶的塔楼,他瞳孔的颜色渐变,里面映出暗黑色的塔楼,塔楼慢慢变得清晰,有了轮廓,有了声色,如同上映的剧幕。剧幕深处是欢声雀跃掌声雷动的欢腾情景,瞳仁里却流动出更为浓重的液体覆盖住那道光芒万丈的气流,那个人就从里面走出来,睁着火红色的双眼带着天真的表情对他说:"你是谁?"

那是他来到这里的第一天。

盛大空前的玩偶剧幕将在这座洛塔市唯一的乐园里上演。欢腾的烟火在以城堡为基型的剧场外部准备就绪,乐园内部是攒动着的急迫的人们,他混在人群里一起挤入那个剧场,坐在最高处的他看到了撩开幕布走出来的演员,他们都是模样极小的孩子,还带着稚气未脱的表情,关节灵活地做出各种高难度动作,但是神情了无生气。他在乐园里穿梭,躲在柱子后面看到那些被关在笼子里的动物和五颜六色的小丑。从一开始他就知道,他们不快乐,并且坐在那些位子上的人们,期待、急切的心情也远比快乐多。他默不作声地离开,却没有立即离开乐园,他偷偷躲入了幕布后,睁开眼睛看见了原本在座位上的人们都挤到了幕布后空间的门口,他们的眼睛发着光,急切地想要看一眼那些演员。而在门口拦住他们的是一个黑头发红眼睛的小女孩,她身材矮小动作却老练,力气也大得惊人,她拦住那些人,只允许他们摸一下那些小孩的头。这些人吵了很久后终于慢慢散去,而那些奇怪的玩偶剧小孩也慢慢安静下来,他们面对观众的激动没有任何表情,如同真的玩具那般默默退场。波勒呆呆地看着他们,迅速隐入幕布后的黑暗。他在那黑暗里待了很长时间,就在昏昏沉沉快要睡着的时候有一只手把他从里面重重地拖了出来,是那个黑发红瞳的女孩子。她的表情天真又狡黠,带着丝丝的警觉,她就用那种神情揪住呆呆的波勒,问:"你是谁?"

vol.2 兔子

我是谁?

我也不知道。

波勒瞳孔里的颜色开始慢慢变淡,寒冷的感觉冲破了旧景。那个小女孩把他带到了塔楼的尖顶,黑暗里只有两双脚和地板触碰的声音,然后波勒感到自己被扔到冰冷的地板上,女孩的声音轻盈冰凉,似乎还带着狡黠的笑意。"爸爸,我找到一个玩伴。"他抬起头,看到一张如同父亲般亲切的脸,却在一瞬间失去了知觉,只听到有人说,"你就叫波勒吧,以后。"

他咳嗽了几声。耳朵灵敏地搜索到那个脚步声。果然,还跟着自己。瞳孔里的情景剧慢慢褪去,眼睛慢慢清明起来。那个幻灭的如同父亲般的脸对他说:"我是伕。你从哪里来?"

"不知道,我没有父母。"男人朝他走近,却被小女孩抱住,"他是人类,爸爸,你看他能找到这里来,不会是玩偶的,你让他陪我玩,好不好?"

他落在嘴边的话咽了下去——我想变成一个玩具。

在自己想要成为一个玩偶的时候遇到了错误的事情,却在实现了这个愿望之后那样迫切地希望自己的愿望从来都没实现过。他把头埋进衣领里,风吹得他哆嗦了一下。那个脚步声停下了。波勒从口袋里拿出一个药丸,晶莹剔透却有重量,要不要吃呢,还是直接死在这里吧。存在或者不存在都是一样的。

"如果你能够在一夜之后依然留在玩偶城没有被冻死,那么我会承认你是人类的小孩,你就可以继续回到我的身边。这个药丸可以给你补充热量。"伕这样说。

玩偶怕黑,怕冷,怕强光,怕烈火。矛盾又脆弱,却真真实实是由人类变成的。那些玩偶剧的孩子,生生都是人类的小孩转变而来,他们的头脑在一次次的训练后由生命体转化为机能体,神情变得呆滞,血液开始倒流,习惯了这种日复一日的训练后,他们如同玩偶一般展现出惊人高超的表演技能,让观众们欢呼尖叫,自己却从始至终没有感觉。波勒那时候是多么多么想要成为他们,成为玩具。

因为只有这样,他们才能看见他。

可是现在,什么都没有意义了。他把手里的药丸握紧。黑暗中寂静下来的声息里有东西慢慢移动着靠近,那是一只兔子。

浑身雪白的半米高的兔子站在他面前,神态憨然无辜,落在身上的雪花使得兔子又大了一圈。它明明比一般的兔子大,动作却显得敏捷灵活,是玩偶城关门前没有来得及出去的兔子吧。它窜到波勒身边,用鼻子蹭了蹭他的衣角,波勒有些不耐烦,用手赶它走,没过一会儿却感到又有东西拉住自己的衣角。男孩又试图赶了几次,却没有成功,兔子如同牛皮糖一样待在他身边。波勒心生烦躁,把手里的药丸"噗"地扔出去。那兔子跳起来,"咕嘟"一下把药丸吞下去。寂静里只有"咕嘟"一声响,波勒感到不对,回头看那只兔子,它依然眨巴着眼看着他,但是毛色开始微微发亮,过了一会儿径自朝他走来。波勒更紧张了。

那只兔子直起了身子,把一只毛茸茸的小爪子搭在波勒的膝盖上。

"谢谢你的药丸,波勒。"

vol.3 逃离

波勒紧紧盯着它,嘴巴张得老大,一句话也说不出。

会说话的……兔子?

吃了自己的药丸……突然会说话的兔子？

一只莫名其妙留在乐园里跟踪自己，然后吃了自己药丸的……会说话的兔子？

"不要这么看着我。"那兔子把自己的耳朵打成一个蝴蝶结，声音细细巧巧。

波勒一动不动。

它接着做了一个耸肩的动作。像个骄傲的小姑娘。

波勒被兔子的模样逗笑了，他把兔子拎起来，"你怎么会知道我的名字？你是玩偶吗？"

兔子用爪子往波勒柔软的毛发上打了一下："我就是一只兔子。"

"兔子小姐？"

"我接受这个称呼。"兔子傲慢地从波勒裤子上跳下来，"说吧，你大半夜跑到这个鬼地方来想做什么？"

"你怎么会知道我的名字？"他紧追不放。

"唔……因为你是乐园里最出色的玩偶。"它咬了咬爪子。

"最出色吗……可我已经不想做玩具了。"

"不好吗？台下那些观众那么兴奋……"

"那是因为台上那些玩偶都是他们的孩子。"波勒垂下睫毛，"那些无知的大人急功近利，都希望把自己的孩子培养成最出色的表演者，让他们机械地操练，但是他们根本不知道这些小孩在日复一日的练习中已失去了原始的生命体，他们一点点从人类变成真的玩具。但那些观众席上的大人只要看到自己的孩子表演出惊人的技巧，还以为他们受到了最好的教育而兴奋地手舞足蹈……真可悲……其实当初我也希望我能变成他们的。"

兔子睁大眼睛:"是想……见到你的父母吗?"

男孩惊愕地抬起头,从他第一天来到乐园,就没有一个人能够猜出他的心事,却在几句话间就让这个非人非物的东西知道了自己的秘密,它有点聪明过了头。于是他掩饰地用手指弹了一下兔子打成蝴蝶结的耳朵:"但他们再不会看见我了。你呢? 离家出走么?"

"小儿科。"兔子转过身去,"我有大事要办。"

波勒很想笑,但他忍住了,装作虚心求教的样子:"什么事?"

"你看到乐园的钟了么?"她的爪子朝那个大钟一指。

波勒看了一下,12:47。

"时间沙漏吗?"

"嗯。每个世纪的这一天,时针分针一起走到零点,乐园玩偶城的边门会开启,我要从那里离开。"

"离开?"波勒笑了,他指了指那个大钟,"洛塔市所有的人都以此钟为准,你要知道,明天才是这个世纪的最后一天。"

"笨蛋。"它动了动耳朵,里面马上掉出来一个小小的时间表。表盘上确实显示着准确时间,但是旁边的日期却显示比现在快了整整一天,"24 天前,我每天晚上爬到钟上把它调慢一小时,所以现在这个大钟比准确时间少了 24 小时。"

"怎么可能,那个大钟管理森严,你怎么可能爬上去……"

"请你尊重兔权,我当然不是一般的玩具。现在我就要去找西城女巫,让她把我变成人类。"

"人类?"他从雪地上站起来活动了一下脚踝,"你要去找那个巫婆吗,她可是侤的对手,侤严禁任何玩偶通过大钟投奔西城女巫,违令者永世不得再进乐园。"

"可是依旧有这么多玩偶争相前往不是吗?"兔子摇摇耳朵,"那些观众不知道的,麻木的灵魂有多想变回原来的样子,就算付出代价。所以,如果我不调大钟,就会有无数乐园的玩偶争相而来,那么我无论如何都挤不进那扇大门了。好啦,时间来不及了,我要走了,后会有期。"它踏出一个步子却发现耳朵被扯住。

在它身后的男孩眼里闪着光,有些不好意思,嘴唇却倔强地抿起来:"带我一起走吧,兔子。"

vol.4 遭遇

"这样就可以吗?"男孩握紧了透明小车的把手,小车外的铁门缓缓开启。前面五色系的光波在耳朵边流过。

"还有一分钟,现在后悔还来得及。"

"我才不后悔。"波勒小声嘀咕着,只感觉有风从身体后面送过来,乐园的边门在缓缓关上。身体随着小车以一种无法说出的速度被推出去,耳廓边是不紧不慢流动着的音波。等到他睁开眼睛,只看见巨大的银白色大洞在自己眼前漂浮,慢慢消失不见。

"痛!"波勒大叫,"这个洞怎么是在半空的? 我的肋骨都要摔断了。"

"放心,死不了。"兔子在波勒的肚子上弹跳了两下,走下来,神采奕奕。波勒这才发现自己身下是一片葱绿色的草地,日光带着雾气一般柔软暧昧的色调铺陈在空气里,寒冷和无边的黑暗在几分钟后全部被扔进了垃圾桶,波勒觉得热起来。

"别被迷惑了。这里都是希尔比的地盘。那个女魔头可不是好惹的。走吧。"

"你说那个女巫么？"

"不然你以为我说谁？"兔子拉住波勒的裤子，然后直接爬到他头顶，男孩子的头发软茸茸的，舒服极了。

"喂，你可不要在上面撒尿啊。"波勒警告道。

"放心吧，我从不干缺德事。"兔子舒服地伸了一个懒腰，"你看到那里的迷雾森林没有？越过那里就可以看见希尔比巨大俗气的空中楼阁。"

"那我们要怎么过去？"男孩边走边说，他们似乎走了很长时间，可是脚下的草也似乎跟着他们一起走，无论走了多远都感觉还是在原地踏步。波勒头顶着个子变小分量却敦实的兔子，气不打一处来，一屁股坐了下去，狠狠地揪了一把身边的草，结果只听见"吱"的一声惨叫，把波勒吓得跳起来。

"这下好了。"兔子伤脑筋地从波勒脑袋上跳下来，"方圆百里都能听到这个声音。"它像个小老头一样来回踱了几步，然后拉起自己的耳朵，男孩听到"嗡嗡"的轰鸣声，兔子斜眼道："恭喜你，成功地把麻烦惹来了。"

兔子的话音还没有落下，波勒便感到清明的天空忽然被什么庞然大物给遮蔽住，他瞠目结舌地拉住兔子的爪子："兔……兔子……怎么会有这么大的蜜蜂？"

"这是黄蜂。"兔子理理发型，"大叔，希尔比让你来迎接我们么？"

黄蜂绕着他们转了两圈，自言自语道："奇怪，怎么这次只有两个家伙。"

"是啊。那些玩偶们都不愿意再到女巫这里来了,只有我们,我想要把这个小男孩献给女巫殿下,你看他细皮嫩肉的……哎哟,我的耳朵。"兔子拽回被波勒拉住的耳朵,小声道:"嘘,这是牺牲小你成就大我。"然后重新笑道,"不知黄蜂大叔可否给我们搭乘个便车?"

对方有些不置可否,把巨大的身躯降落到大草坪上:"想见希尔比不是玩游戏。我只能把你们送到迷雾森林,至于能不能活着出去,我就不能给你们买保险了。"

"OK." 兔子不客气地拉住黄蜂的触角,把男孩拉了上去。波勒抬头看见远处一脉一脉相连的庞大无边际又好似不存在的墨绿色轮廓,他们像是浓稠的墨点在清明的水塘里,由深及浅染了柔软又迷惑人心的色泽,雾气包裹了边缘线。他揉揉眼睛,忽然感到一阵离心力,大黄蜂已经缓缓起飞。他匆忙闭上眼,没出多久感到眼皮被一双爪子不客气地掰开,兔子的大脸凑得很近:"喂喂,到了到了。"小男孩"咕嘟"一下从大黄蜂背上滚下来,屁股压在了兔子身上,被兔子狠狠踢开。正要打闹,波勒忽然瞥见几根青灰色的树枝朝自己袭来,他一手抱住兔子一手拉住大黄蜂的翅膀,黄蜂挥动两下躲开了袭击。

"接下去就看你们自己了。再见。"黄蜂抖落了翅膀上的两个小东西,翅膀的气流让他们睁不开眼,等他们再睁眼,周围已经恢复了安静。

兔子重新爬到波勒的头上,抓住他的头发,男孩觉得到了目的地自己的脑袋一定会变成秃头。他小心翼翼地前行,森林不是很暗,但是雾气迷蒙看不清晰,总感觉四周隐藏着看不见的敌人,正在暗处偷偷窥伺着自己。他抱住肩膀,脚底下忽然踩到什么,于是忍不住叫出声来。声音让一棵棵颜色各异的大树感应到了入侵者,它们纷纷竖起枝干,一个个组合在一起,宛如七色的彩虹群,瞬间竟然把森林上空的光源全部覆盖,只感觉眼前是各种颜色的彩灯发出微微的光。波勒感到又惊异又害怕,各种色彩组成的光斑没有持续多久,它们悄悄地在风的带领下褪了色。

兔子打开蝴蝶结耳朵,抖落了头上的树叶,"这里一片漆黑了。"波勒感到好奇,用手去摸它的耳朵,被兔子一巴掌打掉。

"如果等到这些树叶重新打开,至少要十二个小时,那么我们就没时间了。"兔子原地坐下,打起了坐,"坐下吧,只有等这里的树精出来我们才有光源。"

"那它们在哪里?"

"它们躲在树丛里,我们只能等他们出来。"兔子幽幽道,"这些树精原来也是玩偶城的孩子,现在却成了森林的孩子。波勒,剧场真的那么可怕么?"

"我不知道……"他摇摇头。微微合上的瞳仁里又开始慢慢溢出剧幕般的色泽,那些色泽变幻着,然后勾勒出那个人的身形。也是在那样的漆黑里,无法抑制的恐慌肆意蔓延,眼睛还在黑暗中搜寻着可以看见的一切,他看到那双红瞳就在自己面前,神情狡黠,故作天真实则坏坏地笑,眼里是自己有些慌乱的模样。她说:"喂,从今以后你就是我的玩具了,波勒。"他不置可否。"可是你不能说你是玩偶哦,不然爸爸会把你送到剧场去,送到那个关玩偶的笼子里,听懂了吗?"

波勒点点头,小女孩笑道:"真乖。我叫巫拉。你要记住了。现在起,你的任何举止都必须学我的样子,这样你才不会被看出是一个落魄的小玩偶。波勒,你虽然是玩偶,但又不会玩偶的技巧,是会被处理掉的,你和这里的玩偶不一样,他们是后天变成那样,可你不是,所以你必须把自己变成人类的样子,明白吗?"

　　他再点头,心里却疯狂地说,不,我要成为他们,我要变成一个真正的玩偶。他们在台上那么耀眼,他们的父母都在下面为他们欢呼,可我只能是一个奇怪的玩具。只要我成了玩偶,我的父母就会出现,就会来接我,就会喜欢我。他在女孩睡下后偷偷跑出了塔楼,一直到乐园的玩偶剧场,训练笼子里是无数双发光的眼睛在训练着那些麻木的表演者。波勒紧紧盯着他们,火光在他的眼里倒映成一幕幕的烙印。那些烙印看起来明亮之极,就好像他的想象,却忘了明亮的同时也会灼人。在他莽撞上台的那一天,他就应该知道他要为此付出代价,一个小小的玩具是不可能和经过特殊训练的玩偶相提并论的。伄对他说:"不要奢望,你根本没有父母,你只是一个三流玩偶师做出来的败笔,于是流落到这里来。你果然不是人类,离开我的女儿。"

　　那天晚上巫拉紧紧地抱住他说:"不行,你不是人类,你会被处理掉的。"她的瞳孔红得发亮,那是一种极深的赤色,比夕阳更萧瑟,漫进来的浅薄光线把她的影子斜斜地打在漆黑的地板上,在那个影子里他看到那些消失的过往里,她对着他露出八颗牙齿的标准的笑,她强硬地拉着他一起睡午觉,她把他关在黑暗的小阁楼里忘了放他出来,第二天早上泪流满面地道歉,有一瞬间他忽然发觉,其实没有父母也不要紧了,他比那些玩偶要快乐。但是他不甘心。于是他没有放弃,于是他只能眼睁睁地看着巫拉把自己重新塞进那个黑暗的只有栏杆的小阁楼里,给了他一个乳白色的漂亮的链子坠,她说:"我是人类,我不会死的,放心。"他无法反抗,透过那几根坚固的杆子,他看见巫拉被回收者装进了那个笼子里,她的目光上挑,然后对自己露出一个天真又坏坏的笑容,他再也无法看见的笑容。

暴跳如雷的仵没有把波勒丢掉,他无法找到女儿了,必须有一个孩子,但他却无法找到一个人类的孩子。波勒拉住他的裤脚说:"请你留下我,我会成为一个人类。"仵说:"我给你一个月的时间,如果不行,就离开乐园。"波勒想,等我变成了人类,我就可以把你找回来,巫拉。但是他没有成功。

"波勒,波勒?"

"……"男孩睁开眼睛,发现眼角湿漉漉的,兔子蹲在他的膝盖上拍他的脑袋。

"你那么怕黑吗?"

"没有。我只是……兔子,你说希尔比会把我变成人吗?"

"你希望我说会的,是吗?"它笑嘻嘻地摊开手掌,"那好,我说,会的。你看。"

萤火般的光亮从兔子的手心里慢慢升起,光线瞬间占领了被黑暗吞噬的整个空间,沉甸甸地浮在了空气中。

"是树精!"波勒用手去抓,那些小家伙就慌忙飞散开。他们长着浅绿色的身体,翅翼透明而浅薄,通体发着微微的光。像是一群不知疲倦的小孩,带着两人在树林里绕来绕去,发出孩子般的欢笑声,就是不带他们出去。有两只树精飞累了停在兔子的耳朵上,波勒看过去,就觉得兔子的两只耳朵在发光,不由地笑出来。

"也许他们的任务是让我们迷路。"兔子偷偷凑到男孩耳边说。他们忽然听到有声音从树林深处透出来。树精受了惊吓,把波勒和兔子拉到一棵大树下。那是人类少女的歌声。波勒觉得这声音极其熟悉,带着沙沙的感觉,非常好听。调皮的树精不再吵闹,他们悄悄地在空中飞舞着,他们像是要拦住波勒,可是他如同受了引诱一般一直朝前走,连兔子也无法让他停下。精灵们跟在他们后面。灯光为四周的黑暗勾勒出毛茸茸的轮廓。兔子突然从树干上跃过,然后径直跳到波勒的头发上,用两只爪子捂住了他的脑袋。

"波勒,别听那个,跟着树精走,我们会找到出口的。"

男孩回过身来,树精们快速地带路,森林开始渐渐有了光,他们感到有通透的日光穿透了茂密的树丛。慢慢地,透明度变得越来越大。兔子猛地一跳,跳入了日光里。

"唔,好刺眼。"波勒闭着眼睛等了一会儿,发现他们已经来到了森林尽头,朝前看还是黑洞洞的,但是他现在已经重新回到了太阳下。而那些树精全部消失了。

"他们不能见到阳光。"兔子知道他在想什么,"希尔比的住所就在森林前面的灌木丛里,我们就到了。"

但是波勒站着不动。

兔子往他愣住的方向看,瞬间睁大了眼睛。

一个人类的小女孩。

vol.5 巫拉

男孩的眼睛露出迷茫的神情,他旋即闭上眼,暗色的光源汩汩潜入眼皮深处，那个人形在那里显得清晰起来，迷雾散开，他感到有泪液一点点逼近眼眶。兔子呆呆地看着波勒撒开腿朝那个小女孩直直跑过去，他的声音似乎从遥远的森林尽头传过来，从耳廓边清晰地经过。

"巫拉——！"

他奔跑过去紧紧抱住女孩，连兔子走到他身边都不知道。

"巫拉，巫拉，巫拉……"波勒拉着她的手，嘴里只低低叨念着她的名字。女孩睁开眼轻轻地笑。过了好长时间，他才迷蒙着双眼转过头，"兔子，你看，这是我一直在找的小女孩，你看……"他重新恢复成了那个精力充沛的小男孩，言语间一片稚气。

兔子拉过波勒，耳朵弯折成一半："你确定么？"

"当然。"波勒破涕而笑，拉过女孩，"巫拉，你怎么会在这里？"

"我也不知道……"巫拉揉了揉眼睛，"我被塞进笼子之后，醒来就和希尔比住在一起，你是来找她的吗？"

"真的吗？这么说你一点事也没有。"男孩兴奋地看着女孩的红瞳，"我……我想让女巫把我变成人类……和你一样。"

"跟我来吧。"巫拉露出甜甜坏坏的笑，拉住波勒的手朝灌木丛走去。兔子跟在他们后面，没有再跳上波勒的脑袋。

"诶……？这就是你住的地方？"波勒看着这个红得几乎可以和太阳媲美的大楼阁，感叹出声来。它长得如同一个大蛋糕，摇摇晃晃地悬在半空中，奶油色的窗户和巧克力色的门摇摇欲坠。巫拉拉了一下悬绳，绳子自觉地荡下来，把三人一起卷了上去，轻轻放到了门口。他们打开门走进屋，里面空无一人。

"希尔比出门去了。"巫拉拿出蛋糕给他们吃。

"巫拉,她有欺负你吗?"波勒睁大眼睛认真地问。

"没有。我在这里非常开心。"小女孩笑了,转向兔子,"你想吃什么?"

兔子摇摇头。小女孩想去摸她,却被它灵巧地躲开,迅速钻进了波勒的怀里。

波勒被它钻得有些痒,咯咯笑道:"兔子,巫拉是我的好朋友。"兔子没有说话,它老老实实地偎在波勒怀里,紧紧盯着小女孩。希尔比迟迟没有回来。巫拉降下悬绳,带着波勒来到日光汩汩耀动的河流上,晶亮的澈蓝与光源低调起舞,光线旋转出金黄色的边缘,缠绕着河水准备奔向下一个目的地。兔子往前踏一步,河流上面映照出它的脸。旁边是波勒和巫拉乐得忘记一切的脸孔。它跑到树荫下,阳光透过叶子流动的光跳动到耳朵上。它忽然想到自己第一次看到波勒——他在那里,表情倔强而孤单。它不止一次地看到过他。它却不知如何让他注意到自己。现在,他眼睛里拥有的是彻底纯粹的快乐。

"波勒,我觉得兔子不喜欢我。"巫拉撅着嘴在河边丢着石块。

"怎么会呢? 你知道吗,这只兔子可神奇了,如果不是它,我不一定能找到你。"

"可是它看我的眼神好奇怪哦。我不喜欢它。"

"那……"波勒挠挠头,不知如何是好。

巫拉拉起波勒的手说:"我们去森林玩吧。"

兔子突然蹿过来拦住他们:"不行! 波勒,我们没有时间了,如果再不找到希尔比,我们等不到第二天的零点了,现在已经没有几个小时了。"

巫拉惊叫起来:"会说话的兔子!"

波勒"嘻嘻"笑起来:"对啊,很可爱吧。"

"波勒。"

"可是兔子,我……舍不得巫拉,我们带她一起走好吗?"

"不,波勒。"巫拉摇头,"我不能离开这里。你留下来吧。你留下来,我们就在这里,一定会很开心的。"

"不行! 波勒,这里不是你的世界,你必须在规定的时间内回去。"兔子用爪子拉住波勒的裤脚,"你不是要希尔比把你变成人类吗?"

"波勒! 如果你和我在这里生活,那么就算你不是人类又有什么关系呢!"巫拉抓住小男孩的手,眼睛一眨一眨如同有水。

波勒的神色黯淡下来,他想到那个男人,再看看这里的一切,他蹲下身来摸摸兔子的脑袋,"兔子……我想留在这里。这里有太阳,有森林,有巫拉。没有人类世界的等级之分,没有麻木的玩偶,没有功利的大人。兔子,你和我们一起留在这里好吗?"他抱住兔子,它毛茸茸的身体此时显得一点也不柔软,硬邦邦的饱含着怒气。巫拉做出一个胜利的手势,拉住波勒的手迈开一个步子。兔子突然如同一支蓄势待发的箭一般冲到了巫拉面前,只听巫拉一声惨叫,兔子已经死死咬住了巫拉的手腕。

波勒把兔子一把扔出很远,用手握住巫拉的手,急得满头大汗:"巫拉,巫拉,你怎么样?"

兔子慢慢从地上站起来,擦掉了嘴角的血迹,默默地走开。

vol.6 密谈

天黑下来的时候波勒躺在床上静静睡着了,兔子从床底下钻出来,扯了扯巫拉的手:"我们出去说。"巫拉睁着红瞳看了它一会儿,跟着兔子出了空中楼阁。

"巫拉,哦不,希尔比。"兔子转过头,眼睛眯起来,"我可不是波勒那么好骗。"

巫拉没有说话。远处森林传来的风膨胀出冗长的声息,恍惚苍凉。黑发红瞳的脸开始扭曲,逐渐转变成一个妖精般的脸孔。

"请求你,把波勒变成人类。"它忽然低下了头。

女孩的笑声传来:"会说话的兔子,你知道女巫的规矩的。"

"我当然知道。只要你愿意把波勒变成人类,我愿意留在你这里。"

"这还不够,我需要你替我对付玩偶剧乐园的创造者——伬。"

兔子静下来不说话,过了一会儿它说:"你要我怎么做?"

"毁了那个钟,只要毁了那个穿越空间,玩偶们就会无法通过,所有的责任都会由伬来负责,那些把孩子送到乐园变成玩偶的大人们如果没有看到他们要的成效,你说伬会怎么样?"

"那你呢,你将没有玩偶资源了。"

"我只要有你就足够了。"她笑起来,"兔子,你是被当做试验品变成现在的样子吧? 可是如果你要我把波勒变成人类,你就只能维持现在这个模样,因为我每一次只能满足一个玩偶的愿望。"

"我答应。"它摇了摇长耳朵,"但是……请不要告诉波勒,也请不要让他知道你根本不是巫拉,只是女巫假扮的。"

"来不及了。"希尔比摇摇头,兔子顺着她的目光看去,那个披着睡袍的小男孩正愣愣地看着他们。

vol.7 再见

整整一个夜晚波勒都没有再睡觉,女巫把手放在他的脑袋上,男孩的头发开始茸茸地发光,染了浅淡轻柔的色泽。"现在你是一个人类了,波勒。"男孩没有说话,嘴唇还是固执地抿成一条线,他无法原谅她假扮他的巫拉,更无法原谅原来自始至终他还是没有找到他的小女孩。

"我们走吧,波勒,时间要来不及了。"兔子像个家长似的快速收拾好波勒的东西。

"兔子……"男孩脸红起来,他为昨晚误伤它而耿耿于怀,但是兔子耸耸肩,"别叫得这么肉麻,动作快点。"

"那你呢,你还没有变回人类啊。"

"我的药效和你不一样,我要回到玩偶城才能变回原来的样子。"它抬起头,"波勒,你说我会变成一个美女吗?"

小男孩顿住不动,原来有些沮丧的肩膀开始一抽一抽,最后终于忍受不住地笑出来:"哈哈哈……要是美女就做我女朋友吧?"

"想得美!"它用手打了一下他的头,朝希尔比打了一声招呼,美丽的女妖精迅速变幻成了一只巨大的黄蜂,停在他们面前。

"你……你……"

"变成各种形状是她的专长。"兔子爬上黄蜂的背,把波勒拉上来,"出发。"他们从森林里穿过,树精对他们打招呼,彩虹般闪耀的虹光在他们身边飞逝，如同穿过一排时空隧道。隧道的尽头，他们飞到天空的最高处。波勒抓紧了大黄蜂的身体，他感觉整个人都飞了起来，只是兔子没有再爬上他的头顶，它只是抓住波勒的手，一直没有放开。

他们在这个日光之城逗留了一会儿，波勒忽然大叫："看，那个大洞！"

大黄蜂转了一个圈，往洞口飞去。

慢慢旋转着的发着微光的洞在一点点缩小。"来吧，波勒。我们回家。"兔子把男孩塞进洞口，自己却不动了。

"兔子……"波勒惊愕地转头看它。

"波勒，再见。但我必须把这个洞口给毁了，只有把乐园给毁了，那些玩偶才不会继续成为傀儡，女巫的或者伟的傀儡。即使让那些大人伤心，我也必须这样做。"

"……兔子……等等，不行……那你怎么出来！"波勒着急地去拉它的手，被它躲开。洞口还在慢慢缩小。

"抱歉，我想我只能陪你到这里了，波勒，其实我出现在你身边就是为了完成你的愿望，把你变成一个人类，至于我，实现你的愿望就是我的愿望。"它的眼眶里忽然有了水，"放心，我只是兔子而已。再见，波勒。"再也不见。

它用手扯开了那个洞，把波勒狠狠地推了下去，女巫在它身后默默念诵着诅咒。大钟开始敲响。兔子在洞口的这边能听到成千上万的玩偶开始涌入了乐园，它苦笑一下，一声巨大的爆炸声响起，洞口被灼灼烈火给烧得熔化成了气体，一点点消散在女巫城里。希尔比看着那个被毁掉的洞口，说："你怎么会识破我的？你又怎么可以破坏那个佧控制的钟？你……"

兔子看着她，笑了，笑得眼泪从眼眶里掉出来："你已经猜出来了吧……可是，我再也无法变回原来的样子，所以，我再也不可能和他在一起了。"

vol.8 散场

时钟发出巨大的鸣响，破碎的尘埃粒子一直吹到男孩的脸上，就像刚开始那样，寒风在脸上刮出口子般的疼。他重重地落到积雪上，看到那个高大的钟的分针指着12，时钟已经被完全破坏了，一地的黑色碎屑还有点点星火。乐园里一片此起彼伏的喧闹声，所有的玩偶都聚拢在洞口前，逼着佧现身，一世纪开启一次的钟表城门被毁于一旦，日思夜想变回人类的梦就此破灭，所有的玩偶都不再愿意回剧场。

波勒突然感到手心里有什么东西，刚想拿出来看却被一个人拖到一边，是佧。他还和第一次见到波勒的时候一样，穿着青灰色的大斗篷，神情如父亲般慈祥，现在却慌乱地流下汗水："波勒，你没有被冻死……跟着我吧，这个乐园已经无法再运作下去了，我们必须走了，去下一个城市寻觅生机，这些孩子的家长会来要我的命的……"

"……"波勒张张口想说什么，手心里的东西掉出来。那是兔子塞给他的，一个乳白色的晶亮的链子坠。

我是人类，我不会死的，放心。

波勒死死地盯着那个链子坠，以至于旁边的一切声息都自动幻化为了空气,整个世界只有一个声音,带着邪恶的天真的不舍的声音,对他说:"放心。"他握紧那个链子坠,恍惚道:"你走吧,我不走,我要留在乐园。"

男人强扭不过,只好叹了口气,从塔楼的后门离开。波勒看着越来越乱的人群,感到前所未有的寂寞,

"我只是兔子而已。"

只是兔子小姐而已。他在心里这样想着,胸腔里却忽然发出巨大的悲鸣声。巨大得遮盖了耳膜里所有乐园的喧闹声。一切的一切,都无法和自己想象的吻合。你不知道,不知道我想去见西城女巫的最大原因。不是要变成人类,而是想变成人类以后能够拥有人类的思维,这样就可以找到我亲爱的小女孩,可是现在,即使我终于变成了人类,也没有用了。

为什么要调整钟呢?为什么要带我去见女巫呢?为什么知道一切呢?为什么戳穿巫拉的假象呢?

一切的一切,只因为你就是我的巫拉而已。

他坐在雪地里,再也没有说过话。

深夜的大雪从上空落下来,带走了一切的思念、寂寞、哀愁、心计,一切的一切都被埋葬进了这个世纪的最后一天,再也不复现。

vol.9 乐园

十年后。

"啊,妈妈,你看那里有个好可爱好可爱的大钟啊。"一个小女孩表情亮晶晶地指着不远处一个巨大的玩偶钟叫道。这是洛塔乐园

重新开门的第一天。人群陆陆续续踏着雪走进来,他们都听到小女孩天真无邪的话,也看到了那只大得离谱的钟,镶嵌在一只大兔子的兔身上,兔子的眼睛眯起来,闪出狡黠的光,耳朵一只竖着,一只折成一半,模样憨然又邪恶。大钟的顶上,一个男孩子从后面爬出来,他已经长得很高了,眉目已经变得清朗坚毅,引得游人欣然注目,却还像个孩子一样蹲在钟楼上,看着从外面进来的游客。他就坐在那个大钟上,远处的阳光透过层层薄雾射进来,把那个兔子钟打出暖暖的绒光,昏沉的天气被太阳的边角吞噬完全,世界露出原有的姿态。

他摸摸兔子钟的脑袋,微微笑起来。还要多久呢?要很久很久吧,不要紧,我就坐在这里,坐在这里等你,亲爱的巫拉。亲爱的兔子小姐。即使是一个世纪。

我也相信你会回来的。

小衣服

"白雪公主脱掉衣服还会是白雪公主吗?"

零

　　我叫西子。我今年十四岁,但是我连一米四都没有,不只是我,这里所有的小孩都小小的。我没看到过外面的世界。在十岁到二十五岁期间,我们的身体不会生长,停留在一米左右的高度,一直到二十五岁之后我们才会开始再次发育,成为大人的模样。这段时间我们很脆弱,不但长得矮,灵魂也赤裸地暴露在空气中,每个人都可以被轻松地看到心脏的模样,黑的,白的,就算穿了衣服也不能遮蔽住。这段时期,我们叫自己"小矮人"。

　　但即使这样,我依然是其中最倒霉的一个。我的妈妈很早就走了,我不在乎她走了,可我在乎她不给我做衣服,爸爸不会做衣服,也不肯买新衣服,说太浪费钱。爸爸是粉刷匠,家里条件也一直不是很好,所以通常我会穿着他的衣服去上学。大家都叫我"长腿西子"。

　　下课了以后我喜欢走到学校外面百米开外临街的一道长墙那边,那是一座被烧毁了一半的墙,有些地方已经露出赤裸的"肉",昭示着受过的伤,有些地方还奋拉着残存的"躯体",古老却不卑微。

　　"你以为你是白雪公主吗?"

　　有人这样嘲笑我,每每如此我都不说话,坐在自己的位子上温习功课,听着身边大家一起说说笑笑,我一直都是一个人,我喜欢一个人。所以后来大家都叫我"孤僻的长腿西子"。

其实他们并不知道，我在暗地里偷偷给自己取了一个绰号叫西老板，我以后想开一家裁缝店。

从他们管我叫孤僻的长腿西子那一天起，我就决定自己给自己做衣服。我不想买新布料，爸爸又有许多闲置的衣服，于是我就拿了我一直穿的那件长风衣。

我一边做衣服一边问爸爸："妈妈为什么要走？"爸爸说："你妈要做女巫，云游四方。"我想了想，把边折起来穿线："那我就是混血儿了？"在墙边涂墙的爸爸抬起了头，看看我，一时不知道回答些什么。

"别担心，既然我是混血儿，那你也能沾点光。"

顺便来说说我爸爸，他喜欢用花粉和奇怪的米浆来涂抹墙壁，所以别人总是认不出我家在什么地方，外墙不停地变化，有时候是吃老鼠的女人，有时候是金黄色的天空，有时候是黑色的马蹄莲编织成的桥梁……我问他，如果有一天妈妈回来了，那不是认不出了吗？爸爸说，她是女巫，到时候找不到我们，每家每户放一把火，看看死人里面有没有我们，自然就知晓了。

壹

我认识西子的时间不长，我们互不往来，想到西子是因为我发现了她的小秘密。我还在思虑要不要为她保密。

孤僻的长腿西子，穿着爸爸的超大号风衣，头发又黑又乱，露出一张白净的便秘脸。突然有一天她上课的时候穿来了一件水蓝珀色的小衣服,是条衣裙,刚刚好遮住脚踝,衬得洁白的皮肤更干净了。那衣服上的图案像是手绘的,衣服的质地并不好,但是所有人的目光都被她吸引住了。看得出,大家都很喜欢她身上的小衣服。

"还以为自己真的是白雪公主了。"旁边的女生转过头去,打开从来不看的磨坊书。

"西子,这衣服是买来的吗?"有人小心翼翼地凑过去问。

西子愣了一下,脸还是冷冰冰的,像个幽灵一样转过头说:"不,有人送到我家楼下的……没什么,但就是莫名其妙有了一件合身的衣服。"

西子家穷众所周知,她也不可能去买来这么漂亮的衣裳,可是,会有谁给西子偷偷送了一件小衣服呢?镇上的孩子们议论纷纷。

直到有一天,我发现了。班上不只是西子没有妈妈,离异的、被抛弃的孩子并不少。有个男孩子叫阿阳,永远都只有一身红衣服,到了夏天的时候,为了第二天还能穿,即使出了汗也只能憋着,所以别人叫他"臭烘烘的阿阳"。有一天这个阿阳换了颜色,他的衣服变得整洁而且有趣,上面绘了一只小太阳,底色是浅青色的,画的很精致。阿阳呆呆地说在自己家的花坛下面挖出来的,当时上面停着一只小鸟,过去没抓着,碰翻了坛子。当然,阿阳没说的是,他从坛子里挖出来的不只是小衣服,还有他几年前尿裤子时为了逃避姑妈的责罚偷偷藏进花坛的裤子,这漂亮的小衣服也被连带沾上了一股奇怪的味道,所以大家还是叫他臭烘烘的阿阳。

不过这下所有人都相信了,真的有一个贼偷偷地送人家衣服。大家都盼着这个贼能快点到自己家里来。

零

我问爸爸，妈妈以前会做衣服吗？

"她哪还要做衣服，家里的钱都够给她做一件黄金皮甲了。"

我相信妈妈是个女巫，要不然我怎么会有做小衣服的本事？以前我问爸爸，为什么我们的外墙这么美，爸爸总说，相由心生，我这么美，他怎么舍得不把屋子打扮得美一点？所以我现在知道为什么我能把小衣服做得那么美。我一直没什么优点，不太聪明，生性懒散，个性又极尽孤僻，但是爸爸说，我有一颗好看的心脏，红彤彤的。我想这是遗传爸爸的。

让我惊喜的是，做出来的小衣服不仅仅是外表好看，更散发出清澈的气息，连爸爸都觉得稀奇。他把他旧时的衣服统统拿出来给我，说都给我做衣服用，顿时像个老男孩。他说："我的宝贝做出来的衣服有一种温良的气息，但这并不是好事。"我笑了，为什么不好？他不说话，继续做他天马行空的涂鸦墙。

这世上，只有爸爸当我是宝贝。

我爱上了小衣服，开始没日没夜地做，为我自己，更是为了别人。我的心脏里有五颜六色的爱，我把它们都装进小衣服里。那个被大家叫做臭烘烘的阿阳，他心性软懦，我给他的衣服里加了勇敢的颜色，在衣服表面绘制了一个小太阳。邻居那个刀子嘴豆腐心不会做人的小姑娘，我做了一件青草绿的小裙子，加了柔和的颜色，如果她的性子更柔软些，一定会更讨人喜欢。还有离我家五百二十米上去三十九级楼梯阁楼上的那个每天只会弹钢琴的忧郁男孩，我给他加了欢喜和快乐的颜色。

我珍惜这些小衣服,他们装着我满满的爱。我想我跟爸爸是一个脾气,是外表冷漠但是内心热情的人。可爸爸说,正是妈妈忍受不了他的热烈,才选择了远走。

我想把这些爱给别人,可又不愿意就直接上去送给他们并说,嗨,接受我的爱吧!想想就觉得难为情,而且这样一点都不好玩,我要略施小计,我要隐藏我的身份。光是想想就觉得特别兴奋,每天走出家门看到他们穿着我的衣服,心脏就好像要跳出来。现在,大家都不叫我孤僻的长腿西子,我倒是有点想念那个绰号了。

但是,我不是圣女贞德,我有我的小私心,我希望能给坐在教师墙角那个从来不孤单的帽子男孩做一件小衣服。

壹

我决定守护西子的秘密,不是因为我喜欢她,是因为我想看看她到底最后想要做些什么。我想她是一个女巫,要在一百年前,也许我就是人群中拿着火棍烧她的一员,但是现在,她穿着冰水蓝色的小裙子走在大街小巷,生气勃勃的样子。

可并不是每个人都想得到小衣服,比如坐在墙角那个帽子男孩。他阳光、健康,城府却也不小。我们都叫他恺。他周围的一群小矮人也都不喜欢那些莫名其妙的小衣服,小衣服上那些莫名其妙的气息让人不安,穿上一件和自己心性不一的小衣服,即使穿了也不贴身,我非常能够理解。他们甚至嘲笑说,那些拿到小衣服的人,都是一些心智不健全的人,像他们这样的人,根本不需要。

直到有一天我看到西子给恺做了一件纯白的小毛衣,她给他派去一只鸽子。那只鸽子飞到了右边磨坊旁的栏杆上,那边有个小房子,恺推门进去,找到了那件衣服,那是一件被撕裂的白毛衣。作为对恺他们的宣战,这算是成功了。

镇上的矮人们迅速分成了两派,对小衣服的支持和抵制也持续升温。老人说,做小衣服的人必是善良的人,因为所有的小衣服上都沾染了善良的灵气,当它们被分发到它们主人的身边时,它们的主人也会因为穿上之后感染上这样的心性。

西子和恺正式说上话是在一个炎热的下午。那天有个叫玫瑰的女生关门的时候看到西子,就故意猛地一关,西子的指甲被夹得紫红,动弹不得。正好前面有个胖女生转头问玫瑰:"你说我戴这个戒指好看吗?"

"一定比用手夹门的人戴得好看。"

西子没说话,拿不住笔来记作业,这时候恺走过去,帮她刷刷两笔写好,拎起她的包说:"我找你爸。"

"噢。"

零

"我家的墙要刷一刷了,想找个粉刷匠,听说你家的外墙总是跟连环画一样。"

"还好。"西子一时口拙,真不知道该说什么。她羡慕恺这样从小被父母疼爱,被同学环绕,不愁吃穿,跟人说话也从来不会紧张的人。

"还有多远?"

"快了。"

"手痛吗?"

"还好。"

"你还挺能忍。"

"一般。"

我想他一定觉得很恼火,但是他的嘴角还是微微上翘,多年以后我才知道,那是他生得如此,上帝果真是有失偏颇的。

"其实你爸爸这么会做事,不如让他把那座长墙再补一补。"

"爸爸从小就很忌讳那堵墙,因为当时被人一把火烧了,认为是不祥的预兆。"

"可那堵墙不是你爸爸画的吗?"

我抬起头,他犹豫了一下说:"我妈告诉我的。"

是,爸爸从未跟我说过长墙的事,但我心里一直知道,能画出这么稀奇的图案和美丽的彩绘,只有我那个笨拙的粉刷匠爸爸了。

"到了。"

我不再管恺,看得出爸爸不太喜欢他。但是他们家开了很高的价钱,于是爸爸还是欣然前往了。

也许是因为恺的缘故,那些本来和他在一起的人不再表现出对我的敌意了,甚至会流露出对我身上小衣服的喜爱。我有点受宠若惊,爸爸说,不成大器。

我说爸爸心眼太小。

我给玫瑰做了一件小裤装,衣襟上绣了一朵带刺的黑玫瑰,穿了比男孩子还要帅气。我给它注入了很多温良单纯的心性,玫瑰虽强势,但并没太大心机,人总有向善的一面。我偷偷让鸽子把衣服送到玫瑰家里的时候,让它顺便插上一支白玫瑰。

第二天,没有穿。第三天,没有。

第四天,玫瑰穿了这件小衣服。

壹

我看到恺这两天都有帮西子抄作业,这让我意想不到。我始终有点担心。很多人都说,做小衣服的人到底是什么居心呢?

"有人说,是像南丁格尔一样的人。但是真的有这样的人吗?"

臭烘烘的阿阳坐在窗口,这样问道。

"也许是看别人可怜才会这样做的吧。"

"为什么? 想逞英雄吗?"

"想在最后被发现的时候荣耀一时。"

"不会吧,这么有心计?"

"世上哪有那么善良的人,你们说呢?"

西子从来不参加他们的谈话,她眼角眉梢微微下垂。只有我知道她的小秘密。但是我不明白的是,她还是在不停地做小衣服,没有停止过,没有停止过把自己心脏里的颜色灌进这些小衣服,我很想问她,西子,为什么要做这些?

是因为你想要得到大家的注意吗? 如果是这样,我真的能够理解你。

但是这些谈话持续的时间不长,他们终究还是温良的人,连同那些本性不良的人在穿上小衣服以后都变得温和起来,所有人都觉得,这些都是那个神秘人的功劳,人们开始渐渐不去猜测了。那些捣蛋鬼,心思颇重的小矮人,也都不再被大人盯着,自从穿上了小衣服以后,他们变了很多。

西子爸爸还在做他无聊的涂鸦,西子却每天乐得屁颠屁颠,她会搂住她爸的脖子说:"爸爸,你说妈妈会不会为我高兴啊?"

她爸爸翻了翻白眼:"你妈妈会把你的衣服全部剪光。"

零

我一直想给恺做衣服,可是我的衣服总是不能完整地送到他家里,总是会变成碎片,这让我很苦恼又很愤怒。

这几日镇里又接连发生了奇怪的事,有两个男孩所在的牧场,牛羊都被偷走了。要不就是教堂里的雕像被砸了,还有长墙差一点又着火。

最后那条新闻爸爸听到的时候手抖了一下,辛苦了数日画成的透明女人被瞬间毁了容。

其实爸爸不说我也知道,数年之前爸爸也是不善于交际,他在人群中显得很渺小,后来,他开始给那些灰白色的城墙涂鸦,风格各异,怪异有趣,没有人知道是爸爸画的,直到有一天他被妈妈捉到了。后来,爸爸和妈妈结婚,爸爸给妈妈造起了一堵长墙,小矮人们会成群结队地去看这堵墙。直到有一天,有人一把火烧毁了这堵墙,妈妈便离开了爸爸。大家更是认为是爸爸为了离开妈妈而去烧掉的,被人视为不祥的墙壁,此后,便更少有人愿意找爸爸来涂刷城墙了。

我从来不问爸爸这个事情，一定没有人比他更爱妈妈了。

日子一天天过去，这些荒谬的事情发生得更多了，而且都发生在一些平时乖巧的矮人身上。直到有一天，家里的外墙被毁了。上面写着：恶心的西子。

我没能趁爸爸回来之前把它处理掉，他叫我进屋，那个晚上，我们都没有说话。

"西子，你六岁的时候，你妈妈还没走，有一次她打了你，你剪掉了她的一条连衣裙。"

我看着爸爸，我确实记得，甚至直到今日我还能记得那时候颤抖忌惮的手，刺激过瘾的心境，触电了一样。

"西子，人性本恶。"

晚上我帮爸爸清理墙角，发现有个线头，是我缝制恺的衣服时候的那个颜色的线头。

壹

小矮人们被惩罚了。臭烘烘的阿阳，喜欢向日葵的里力素，笨脑袋的杰夫。他们被警察捉到了。可我知道他们是被冤枉的。他们被玫瑰他们骗了。我一直担心的事，就是这个。愚蠢的西子在当时就应该留个心眼。这些人根本不会因为那些善意的小衣服而改变心性，他们是为了遮盖住黑色的心脏，人们以为他们从善，实际上体内还是留着肮脏的血。而那些好心肠的小矮人们，因为穿上了西子的衣服,而变得更加良善,相信他人。这一切的罪魁祸首,人们没有苛责于尚未成年的小矮人,而是那个寄来衣服的神秘人。

随着事情发展得越来越严重,大家纷纷脱掉了小衣服,他们没有责怪自己的不当心,而是认为一切都是小衣服所致,是小衣服让他们丧失了辨别是非的能力,是小衣服让他们被陷害和冤枉。

我在想,要不要把西子的秘密公之于众?

那个秋天,落叶缤纷,但是更缤纷的,却是从小矮人们身上褪下的衣服,一层一层掉在街道上,孩子们用脚恶狠狠地踩,想让它从自己的记忆中退却,他们已经长大了,忘记了陪伴他们长大的东西。

西子躲在家里没有出去,爸爸叫她脱掉小衣服,但是西子怎么也不肯,她眼泪汪汪地看着外面的街道,她没看到我一直在注意着她。

"真恶心,我就说怎么可能有这样的人,太伪善了。"

"他只是想来戏弄下我们而已。"

"踩死它,踩死它。"

满街的小衣服,碎了一地的彩色,温暖的明媚的光泽,在太阳底下闪闪发光。恺对我说:"我倒是很想穿穿看。"

零

在我十岁的时候,曾经和一个女孩非常要好,后来在闹过几次矛盾后的一天我们走路回家,那个女孩对我说:"我不想和你做朋友了。"

　　我看着她的脸，当时那么乖巧伸出手拉住我的小姑娘，她对我说："西子，你是不是有装好人的嗜好？你总是喜欢扮女侠，别人一有麻烦了，别人一被孤立了，你都要为人家强出头，你真的以为别人会感激你吗？在某些人看来你这样好像很善良，在我看来你不过是为了表现自己的特立独行而已。你这样做真是伪善。"

　　"我做错了吗？"

　　"我没说你错，就是觉得你虚伪、假惺惺，谁都看得出来。"她说完就跑走了。

　　后来，我再也没和她说过话。但是年少的影子从来没有从我脑子里磨灭过，那些动摇我是非的句子，像针一样刺着我的心。我问爸爸，她说的对吗？爸爸在涂颜料，根本没空理我，他漫不经心地说："不用问爸爸，你是什么人你自己心里最清楚。"

　　再次去上学的时候，只有我还穿着那件小衣服，但是我在外面套了一件原先穿的长衫，没有人会看出来。实际上我总是把事情都想得太好。

　　不但是孩子们厌恶透了我的小衣服，老师也如此，他们害怕孩子们借着小衣服继续无法无天。

　　不会拯救公主的小矮人算什么小矮人呢？我们不过是普通人而已。

　　"请大家有外罩的把外罩脱掉，没有外罩的把里面的衣服袖口卷起来给我一个个看过。"

　　我的心脏顿时窜过一阵冰冷的电流，我从小如此，每每有坏事，心脏就会通电。我很害怕总有一天我的身体会被心脏连累，等过了今天我一定要问问爸爸能不能把我的心脏拿走。

我呆在原地，时间像一锅煮热腾腾的汤，我躺在里面等着出浴，却需等到沸水煮开。这段时间，只要他们愿意，足以把我煮回原形。

"都卷起来卷起来！"老师皱着眉头。

我坐在左后一排，我咬着牙祈祷他能忘记我。

"西子，你怎么还不脱，这么热的天，还穿你爸那身破衣服呢。"他自以为讲了一句有趣的笑话，嘎嘎笑起来。我盯着他瞅，刚刚的恐惧瞬间变成愤怒，他年轻时候必定也是我妈挑剩下的那一堆里的某一条蛆虫。

"我问你话呢？！"

人群的眼神终于开始把我围在一个中心里。

"她怎么回事……"

"本来人就怪……"

"为什么不肯脱衣服啊，她是不是还在穿啊。"

"西子，配合一点，我们例行检查。"男老师不好主动扒我衣服，可是总有女孩子。

"老师，我来。"一个女孩走到我面前，她颧骨很高，脸色苍白，我曾经做过一条草坪绿的长裙给她，把身体里的自信分给了她一半。她不再是当初被玫瑰在校门口欺负的那个人了。

"西子，把衣服脱掉，让我们看看你里面是不是穿着小衣服。"

"西子，我知道你衣服少，可是这小衣服你穿不得，要是你真的没衣服了，我家里有的是，送你几件好了。"

"快点脱掉给我们看。"

我忍着泪水脱掉了父亲的外套，都怪我如此蠢笨，我只想留一件我心爱的小衣服，有了它，我才知道我存在的价值，它也是我做过的仅剩下的唯一一件了，这个时候我非常的害怕，我害怕他们会弄死我最后一件小衣服。

"她果然穿着！"一个男孩子带头激动地叫起来。

"吼什么。"恺睡意慵懂地抬起头，恨恨地看了他一眼。

"这样的话，你去低年级找人家换一件衣服，这件衣服要交给我，绝对不可以再留着。杵着做什么，快去啊？"

我低下头跑出了教室。

壹

西子做了一个非常错误的决定。

我本以为她很聪明，没想到竟如此愚钝。

我们小矮人，最大的耻辱莫不过于此。向比自己小的矮人取要东西，暂且不说别人是否愿意给你。

老师让恺盯着她，我偷偷跟在后面，当然，跟在后面的不只是我。

西子来到最小一届的那个教室，因为她生得娇小，再来我们本就矮小，不会差太多。

她在门口驻留了很久，直到里面的老师忍着不耐烦打开教室门问她："你是谁啊?"

"我来……我来借衣服。"

班里传来迷惑不解的声音。

"她穿着小衣服……"

小孩子们的议论声让西子面红耳赤,她一直脸色苍白,没想到红彤彤的竟这般可爱。

"几岁了,做事情也不知道思量一下,还穿着这衣服到处跑。"那女老师抓着西子的衣服戳她的锁骨,她尖锐的指甲让我眯了眯眼睛。

"谁有多余的贴身衣服,给她给她。"

大家都摇摇头,谁也不愿意给这样一个人自己的衣服,如果借给了她以后自己还要穿吗? 家里人必定会责罚。

"没有没有,你走吧。"

"老师……"有个小女孩怯怯地叫了一声,"我有撕碎的小衣服,可以吗?"

连老师都愣了一下,她想了想,"给我看看。"

小女孩跑到教室的一个角落里,那边躺着一只黄色斑纹的大猫,被养得肥壮。那衣服就是用来给它当窝的,小女孩赶走了猫咪,她拿起那件衣服,等到放在西子面前的时候,竟有一股难闻的骚味。

"也许它刚刚尿尿了。"小女孩耸了耸肩,她突然朝着西子笑,哦不,是恺,"哥哥。"

恺朝她点点头:"放学别贪玩,早点回家,妈等着呢。"

西子的脸色铁青,她就站在那里,像一尊被胶水粘住的石膏像,我以为她要被永远粘在那里了,她却伸出双手接过了那件衣服。

"我陪你去换吧。"恺用手拉住她的长衫尾巴。

"我能不换吗? 我可以穿我爸爸的长衫。"她终于忍不住。

"你知道,他们不是不知道你有衣服。"他转过头,有点不耐烦,"只是想惩罚你。"

西子换好了衣服,那衣服有一块地方湿答答地粘在身上,让我几欲作呕,她不肯再穿父亲的长衫,生怕弄脏。大家看着虽想笑,又觉得气味实在难闻,老师便早早地打发了她,她的那件小衣服,被放在恺的包里,他会处理掉。

"不要伤害它。"她抬起头,我看到无数女孩子神情戚戚,唯独西子不会,在我心里,她一直桀骜孤僻,像男人一样,但此时,她像个手无寸铁的兵。

"那是我的事。"

他们俩一前一后地走着,恺把自己的衣服脱下来扔给西子:"想听故事吗?很久很久以前,谎言和真实在河边洗澡。谎言先洗好,穿了真实的衣服离开,但是真实却不愿意穿谎言的衣服。后来,在人们眼里,只能接受穿着真实衣服的谎言,却很难接受赤裸裸的真实。"

"我回家会把衣服洗好给你。"

她能明白吗?就如同宁愿选择原谅披着丑恶外衣的伪善,也不愿宽容真正的善良。因为不是每个人都能承受,于是它便成了众矢之的。你选择和世界相反的道路,必定会遇到超出你意料的艰辛。

"不用了。"男孩摇摇头,"我有洁癖。"

他没说谎,我知道他确实有。

零

我蹲在屋外看爸爸的新涂鸦。他出门去了,给恺家里刷墙。他新一次画的是皇后和七个小矮人,为什么是七个呢? 一直以来我都没有搞清楚过这个问题。小矮人们各自在墙壁内玩耍,我伸出手指头跟其中一个握握手,他抓住我不肯放,我使劲才把自己的手指头拔回来。

"她在这儿呢。"

我回过头,竟是玫瑰她们。

"听说西子病了几天,我来看看你。"玫瑰笑嘻嘻地跑过来。

"咦,身上还是一股骚臭味。"

"我们是来看看你有没有把恺她妹妹的猫用的小衣服洗好呀,我可以顺道拿回去。"

我瞥着墙壁,小矮人们朝我挤眉弄眼,在她们看不见的时候,偷偷的。我好想钻进去,好想和他们在一起,好想去问问妈妈,我该怎么办?

"西子啊,不如让我们看看你今天里面穿的什么呀?"

"好呀好呀,快点,把外衣脱了给我们看看。"

"我这不是外衣,我就只穿了这一件。"

"我们要排查做小衣服的人,你最后一个脱,嫌疑最大。也许我们应该进屋看看是否有金丝银线什么的……"

我猛地抬起头把玫瑰推到一边,"我没有惹过你。"

"你有,你让我看了不舒服。"玫瑰骄傲地抬头,她下巴上有一粒漂亮的痣。

其实我心里一点也不讨厌玫瑰,她就像是墙壁里的皇后。以前我总觉得她是最坏的,后来我知道其实根本不是。

"给我们看看嘛,西子。"她们嘻嘻哈哈笑着,"让我们看看你的心脏里面装了点什么东西,是不是白色的啊,像雪一样洁白,还是像乌檀木一样黑,还是像血一样鲜红……"

我撩开领口。

她们愣住了,我的心脏,空空如也,什么都没有,既不是雪一样洁白,也不是鲜血一样鲜红,而是透明的。因为掏尽了给别人的颜色,自身还没有来得及重新修复,竟然空空的一片。

一个空头心脏的人,怎么可能有心思去做小衣服呢?

她们无趣地交头接耳了几句,朝后面退了两步。

"衣服不是她做的。"玫瑰下了定论,她还是高傲地仰着头,但是我看不见了那粒痣,"走吧。"

白雪公主脱掉衣服后还会是白雪公主吗?

也不过如此而已。

壹

秋去冬来,长墙上曾经斑驳的焦痕被雪覆盖,地上的小衣服也被雪弄得湿淋淋的,早已没了往日的鲜艳。我很久没见到西子了,有点想她。

西子有很多事都不知道。比如她消失之前都没有让恺穿上过小衣服,她费尽心机,不过是想给自己暗恋的人一点心意。那些衣服,都被偷偷跟去的我剪碎了。

她父亲外墙上的那些字,也是我写的,还留下了恺被剪碎的小衣服。

我爱上了西子,不忍看她为情所伤,不忍让自己为情所伤。

他们都不知道,她本来有一颗布满了金黄色的小太阳一般的心脏。

她也不知道,那堵长墙不是任何人,而是她妈妈烧掉的。为了离开爸爸,为了不让自己的心里有负担,她烧毁了这堵长墙,以害怕诅咒之名离开了自己的爱人。也许她就是个女巫吧。

可是西子到底去了哪里?那一晚,他们家外墙上的七个小矮人也不见了,只剩下了孤单的皇后,难道西子真的变成了白雪公主,去寻找自己的王子了吗?不,这世间根本没有王子,她还不明白吗?

我是谁?我只是万千人中的一个。

有人说他们看到被烧毁的城墙上有一群小矮人,总有人信,总有人不信。信的人来年春天去看那堵墙,不信的人当年冬天就打听到西子家门口的涂鸦少了小矮人,但他们依旧不信,认为是西子爸爸自己涂抹掉的。长墙下有人看到一片金黄从地底下溜出来,那些被扔弃的小衣服被猫当成了庇护所,它们把衣服拖到长墙下面,唱起了歌。

恺的涂鸦墙换了师傅,父母责怪儿子硬是要涂鸦,还翻出他藏在墙壁下的一件小衣服。听说他后来和玫瑰在一起了,也没有人再听说过西子的下落,偶尔说起来,既无敌意也无思挂。多年后的一天,有个小矮人无事去抠斑驳的墙皮,突然抠出了一位白雪公主,她有乌檀木一样黑的头发,血一样鲜红的嘴唇,琉璃一样透明的心脏。

胶囊恋人

瑟曼家的人一直以来谁都不信——那只是一张画而已。

画上是一个穿着绿色纱裙的女人。纱裙的边角突兀地截止在画面的边缘，是用蕾丝纺成的。她的头抬得高高的，精巧的下巴轮廓一直延伸到耳后。浓密的红发，还有一张丰满性感的嘴，眼睛是空洞的湖泊色。

人们觉得，只有胶卷才能映照出一张这样细腻的脸。

老奶妈给小孩讲故事的时候，她总是告诉他们，她是住在胶囊里的女人，他们想象她能死而复生，能各地漂流，能施邪恶的巫术，但是谁也不知道是不是真的这样，谁也不知道她叫什么名字。

{一}

很多年以前，佛罗伦萨的警察碰到了一件非常棘手的案子。

刚获得海外邀请的年轻摄影师死在了一家小宾馆里。人是被捅死的，而房门是从里面关上的。整个屋子只有一个天窗，没人能猜透罪犯是怎么下的手。

警察用了最大人力去调查这个案子。伦达在当时还是个小警察，但是他天资聪颖，为人淳厚，被提携得很快。他也是获准进入这个房间的搜查小组成员之一。可是，搜查小组整整花了大半个月的时间，也没有获得一点线索。摄影师身边的朋友一个个被调查过，但是从他们身上并没有发现任何可疑之处。唯一令人奇怪的，就是他身边的女人不见了。警察觉得这是个非常重大的疑点，但是，没有人知道她去了哪里。他们出动了大量的警力,可始终没有这个女人的下落。她就像是凭空消失了。

当时伦达进入房间的时候,在床底下看到了一个小小的透明的胶囊。这和案情或许无关紧要——一粒胶囊,很多原因都可以把它吞食下去,再说,使摄影师致死的原因在于刺中要害的尖刀。但是这个胶囊非常漂亮,他甚至能透过它看到里面孕育着令他发寒的东西。神使鬼差的,伦达将这粒胶囊捡了起来,把它放进了自己的口袋。

将胶囊放进口袋之后,伦达便开始有了一种奇怪的预感。他并不知道这是为什么,但又感觉这胶囊像是谁遗留下来的。也许这是一种新型毒品?也许……他想了好多荒谬的可能,最后都被自己推翻了。他决定以后再来考虑这件事。于是,他把胶囊放在一个小袋子里,放进了抽屉。

〔二〕

之后的某一天,伦达下班回家,突然发现家门口坐着一个女人,她衣衫褴褛,要不是一张脸还素白美丽,伦达一定会当场被吓倒。

女人艰难地张开嘴,冲伦达说道:"水……水……"

伦达赶紧把她扶到屋里,给她喝水。奇怪的是,水一喝下去,她的皮肤好像瞬间充满了能量一样,整个人不再像伦达第一眼看到的那样苍白,而是带上了一种明亮奇异的光彩。伦达差点以为自己看错了。女孩长久地注视着他,让他觉得脸有些热。这个女孩有一双波澜不惊的像大海一样的眼睛,更诱人的是,她长了一张饱满而性感的红唇。伦达简直不敢相信,这就是刚才那个唇皮开裂的褴褛女人。女孩看着他,突然眼睛一红,眼泪滴答滴答地掉了下来。她向他诉说自己被人贩子贩卖并逃到这里的经过。伦达听着,想要送她去警局,她惊恐地摇手,苦苦地哀求他,请他让自己留下来。伦达看着她哀求的眼神,最后还是决定先让她在家里过一夜。

伦达明白,这当然不仅仅是同情,而是自己可耻的私心。

她太迷人。

第二天,伦达从警局回来时,家里的餐桌上早已摆满了各种好吃的菜。伦达看了半天,始终没有动。女人用哀怨又掺杂着赌气的眼神瞪了他一眼,便埋下头吧啦吧啦把菜都吃掉了。她没有再抬头看伦达,也没有再说一句话。伦达有些好笑,我收留你,你有什么资格赌气?第三天,女人还是如此。看着桌上摆满的饭菜,再看着女人带着哀怨的眼神,伦达的心肠顿时软了。他拿起餐具,大口地吃起来。她烧的菜很好吃,同时,家里也被她收拾得干干净净。伦达觉得,这个女人像是从天上掉下来的一个宝。不过他不能一直把她留在这里。

而就在那天晚上,伦达发现抽屉里的胶囊,不见了。

他把房间仔仔细细地找了一遍,床底、桌缝、地板……都没有了它的身影。

女人没有名字。出于职业的警觉,伦达觉得她并没有告诉他实情。她虽然看起来落魄,但是教养很好,很娴静,很温柔。有时候伦达看着她，心里就随之升起一种从未有过的幸福感，好像这就是他们的家。他被自己这样的想法吓了一跳。他克制着自己，时刻提醒着自己要破解女人身后的谜团。可是，女人迷离的眼神让他越来越看不清楚方向。直到有一天，他发现自己没法让她走了。在他们相识的第三个月，伦达在黑夜里抱住了她的身体。

她的手臂柔软得好像能被捏断，颈项间带有香桂的气味，一触到他的呼吸就似乎能绽放出千百朵花。她浓烈的红发像是黑暗中开出的罂粟花，给他每一个部位都洒了毒。在黑暗里他看到她的眼睛，明亮得刺破了所有的阴霾，他看到她眼里自己的脸，瞳孔再把视线集中到她脸上。那一刹那，他想，她定是从地狱来的人，让他无法动弹。

然而第二天天亮的时候，他还没来得及看一眼她的睡容，感受温暖的怀抱，就被一阵开门声惊得汗毛全竖了起来。冷汗顺着他的额头滑下来，让他不自觉地打了个寒战。他的手脚不听使唤。钥匙在门洞里转动的声音，让他整个人都僵硬了。等他反应过来时，这才惊慌地从床上跳下，冲去开门。站在门外的是他的妻子和他三岁的女儿。他的妻子同样是个美貌的女人，她继承她父亲的产业，常年漂泊在外。当初，能娶到这样的妻子让伦达被警局里的同行羡慕了好长时间。只不过，常年在外的生活让他感觉寂寞又孤单。整个家里空荡荡的，有时候，他甚至不想回到这个冰冷的空间里来。然而这一切，只有他自己感受得到。

伦达从没有像这一刻这样惊慌，惊慌到他不知道是怕妻子看见这个女人，还是怕这个女人看到自己的妻子。妻子想要进门，被他拦住了。妻子感到奇怪，问："你干吗不让我进去?"

"……没，没什么。"

妻子白了伦达一眼，推开他，拉着女儿的手径直进了屋。伦达听着妻子的高跟鞋咔咔地敲着地板，感觉那声音像是回音一样，重重地敲在他的脑海里。那个女人，在房间里的那个女人，如果妻子看到了，该怎么办才好? 伦达觉得自己的双脚被钉在了地板上，走不动了。就在他千头万绪的时候，妻子已经从房间里转了一圈出来了。她看着伦达，微笑着说："你刚才看到我那么紧张，搞得我还以为你偷人了呢。"

伦达尴尬地冲妻子笑了笑，动作僵硬地抱了抱孩子，对妻子说："你刚从外地回来，一定很累了，先去洗个澡，好好休息一下吧。待会儿我们到外面吃饭。"

妻子从伦达的怀里抱过孩子，一边冲他点了下头，一边笑着对女儿说："宝贝，跟妈妈一起洗澡去吧。洗得香香的出来，爸爸最喜欢啦。"她说着，把手里的皮包趁空交给了伦达，接着抱起孩子向浴室走去。

等确认妻子走进了浴室，听见浴室响起哗哗的水声，伦达放下妻子的皮包，飞快地冲进自己的卧室。卧室里乱成一团，像之前一样，床上的被子凌乱地铺着。伦达猛地把被子一掀，发现里面什么也没有。那个女人呢? 那个前几分钟还躺在这里的女人呢? 伦达不相信，一个大活人能这样凭空消失了。他跑到柜子前，打开柜子门，里面同样什么也没有。人呢? 究竟到哪里去了? 伦达顿时紧张起来，他甚至连床单都掀了起来。可是，那里除了灰尘和蛛网，同样没有半个人影，就连窗户都是从里面紧闭着的。冷汗再一次从伦达的额头上落了下来。这一次冲击着伦达的不只是慌张，还带着一股毛骨悚然的感觉。一个人凭空从他眼前消失了。她和自己在同一个空间里待了那么多天，怎么会突然不见了呢？他想着自己碰触到女人皮肤那柔软的触感，不禁打了一个寒战。人到哪里去了？他没有半点思路。在这一段时间里，她像平常人一样，并没有半点异常。可是，她还是不见了。伦达深吸了一口气，又全部吐了出来。他在床上坐了半响，脑子里一片空白。妻子和女儿欢笑的声音不断地从浴室里传出来，和着水花的声音，不知道为什么，进入到他的脑海里，却让他感到很烦躁。伦达估计妻子也快洗完澡出来了，现在，他应该把房间收拾一下。否则，妻子从浴室里出来，又要和他有一番争执。他的脑子现在乱哄哄的，他不想吵架。于是，伦达把被子掀了起来，想要把被子叠一叠。就在这时，他看到了一个让他惊异的东西。

是胶囊……那颗他放在抽屉里曾经消失了的胶囊。他的脑子飞速运转，它是在女孩出现的那天消失的，现在，却在女孩消失的时候出现了。他睁大了眼睛。

这个女人，是不是和胶囊有什么关系？摄影师的女人，也是突然就凭空消失的。难道，她住在胶囊里？这怎么可能！胶囊这么小，她好歹是个人，怎么可能进得去？但是，如果不住在胶囊里，她又怎么可能凭空消失了呢？难道，她和那个杀死摄影师的凶手有什么关联？

伦达的身体有点发寒，他当了这么多年的警察，从来不相信那些稀奇古怪的东西，他自知自己是勇敢的。可是他无法不承认现在内心的感觉，像是钻进了千百只小虫，赶都赶不走。他把胶囊捡了起来,放进了一个透明的、专门用来盛药的袋子里。然后,他又在袋子上戳了几个洞,再把袋子锁进了抽屉里。即使如此,伦达的心更是吊得紧,他不知道自己这些动作意味着什么。她真的是人么?她真的出现过么?她什么时候才会重新出现?妻女会不会发现自己的苟且之事?如果发现了,又该怎么办……

接下来的几天,伦达一直心神不宁。他也不知道自己究竟担心的是什么,是怕女孩的再次出现毁了他的一切,还是害怕她再也不出现,就像个魂魄一样来了又走。他说不明白,心里一直乱哄哄的,就算陪小女儿玩游戏,他都有些心不在焉,她往日令他心头暖暖的笑声如今却让他更为烦躁。晚上当他回来的时候,打开抽屉,发现那粒胶囊还在,便长长地舒了一口气。几天之后,妻子又带着女儿上路了,仍然和往常一样对伦达表现得恋恋不舍。只不过,这一次伦达盼望着妻子带着女儿快些走。等妻子和女儿终于离开了之后,伦达这才安稳地躺到了床上,他看着天花板发了几个小时的呆,终于忍不住拉开抽屉,拿出了装着胶囊的袋子。他把胶囊放到了床上,注视着它,眼睛一眨也不眨。一直到他瞪得双眼发疼,不自觉地流出了眼泪,胶囊仍然没有变化。伦达叹了一口气,觉得自己太过荒谬,终于慢慢睡去。

第二天伦达下班回家的时候,他习惯性地打开抽屉,惊骇地发现胶囊不见了,他握紧了拳头,听到门口的声音,三步两步走出去。那个女人站在门口,她看着他,眼睛微微下垂,像个犯了错误的孩子。

“你在耍我吗?”他冲过去朝她吼。

伦达拽着这个女人往外走。女人也不说话,任由他拽着,拉扯着。她好像变成了一具任人摆布的玩偶。伦达拦了出租车,把女人推了进去。女人静静地坐着,头倚靠着车的玻璃,眼神有些茫然。出租车一直往警局开着,一路上两人都没有说话。就在快要到了的时候,伦达突然开了口。他对司机说:"不好意思,原路返回吧。"

回到家里,伦达把门反锁上。他凝视着女人,凝视着女人的眼睛。伦达觉得,女人的眼睛是无尽的海底,他像被海中的水草捉住,无法脱身。如果她真的是藏身在胶囊里的人,如果她真的是,那么,那天的凶手就是她,他是她的救命稻草而已,躲在警察的身边,他却无法亲手将她逮捕。

过了很久很久,她伸出双手抱住他:"谢谢你,不遗弃我这个怪物。"

{三}

我认识蒂亚的时候,他才只有十八岁。我二十岁。

那个晚上,他什么都没做,拿照相机拍我,还有另外两个妓女。我们都觉得他是个怪胎,后来,我的姐妹偷了他的相机。而我,偷了相机里的胶卷。

后来在某一个晚上,我把胶卷还给他。他坐在台阶上,眼睛里有千万颗星星在跳动。如果我猜得没错,那个胶卷就是他生活下去的最后的勇气。

他找我陪夜,告诉我他离开家独自到佛罗伦萨从事摄影。他拍人像,因为他觉得只有人才是有激情的生物,自己的相机也只能捕捉有激情的东西。于是他四处拍,街边的乞丐,劳作的路人,戴着领带行色匆匆的要员,拎着手提包摇曳生姿的贵妇,还有,床边的妓女。

他用仅剩下的钱找了三个妓女,晚上什么也不做,给她们拍照,他要吸取创作的灵感。我们搔首弄姿,摆各种各样他想要的姿势,到后来他累了,躺在床上休息,第二天早上起来的时候,妓女走了,照相机也被带走了。

我不知道他是怎么知道我的,那个夜里天色很黑,路灯也坏了,照理说他应该看不到我的脸。他说他洗了那卷胶卷,看着里面的女人,就知道我是哪一个了。

"我要这个。"

他当时指着我对老板说。

我对他说不是我偷的。他说我只是想找到你。

我问他,你有钱吗? 他说没有。

我拿起衣服想要走,他把我拉回来压在床上,我拼命挣扎,才发现他只是抱着我,我的肩头有点微湿。

"我叫舍赛。"早上天亮的时候我对他说。

蒂亚去找了一份普通的工作,一份装修的工作,那时候,他和他照相机里的那些人一样了。打拼到第三个月的时候,他有了一笔可以买新相机的钱了。他拿到了相机去找我,老板说我在接客。他似乎忘记了我是个妓女,他说他有一种被我背叛的感觉,他感觉我是他的私有物。最后的结果就是,他不顾一切地冲进那个房间,把只穿了一件衣服的我和客人拉开,把男人打倒在地,拉着我跑了出去。

"你把我毁了。这里干不下去了。"我边奔跑边对他吼。

"我养你。"他傻笑。

我发现他的皮肤变黑了，胡子也长了出来。比三个月前成熟了好多。

从此以后蒂亚有了自己的专属模特，我对他说："我只给你一个月，如果一个月以后还是养不活自己，我就要重操旧业。"

他表面答应，但我知道他心里完全没当回事。他对我说他从来没这么喜欢过一个女人，也从来没看到过比我这个叫舍赛的女人更迷人的女性。他还喜欢偷拍我，说那样的表情很真实。

他总是夸我，舍赛你真美。

我总是嘻嘻笑着推开他，他晚上喜欢把头埋在我的锁骨前，他说我的身体，他喜欢这种感觉。我说他是故意的，找了我这个免费的陪夜。每当我这么说蒂亚就会在我腰上重重地掐一把，然后笑眯眯地看着我的眼睛。

后来有人问我，为什么会跟着这么落魄的人走，我说，我把爱情丢了好久，突然想捡回来试试。

日子困苦又奇妙，他把给我拍的照片卖给照相馆，他们都说这个太低俗，有时候蒂亚甚至会跟他们打架。在低谷的第三个月，有一个富商看中了蒂亚的照片，他出资给他办了一个叫做"生活"的展览，并把我的照片放在门口进来的地方。这张照片里只有我的脸，眉头有点皱着，神情有些害羞的样子，大家都说，很迷人。

这次展览获得了空前的成功，蒂亚拍摄的都是最底层的人，富商说，这才是生活。蒂亚开始渐渐出名，很多人找他拍照，他开始早出晚归。而我在家里等他，我想，我是真的爱上了他。

没过多久，蒂亚就被邀请去海外参加摄影展览，他被人们捧得很高，他放弃不了他的名声。第一次，我在夜里和他有了激烈的争吵。第二天我就失踪了，过了好多天才回来。而蒂亚最后还是做了先去海外的决定。但是我没有在意。

为了可以跟着蒂亚，我去拜托之前照顾自己的老妈妈，她的祖母是个巫婆。她反对我做这件事，但是下了决心的年轻人无法收回自己荒谬的想法。

"我想变成一个胶囊，这样我就可以一直被他带在身边。他想什么时候要我出来，我就什么时候出来，平时我可以躲在胶囊里面。"

老妈妈说，变成胶囊人以后，我的一切都和普通人不一样了。我在胶囊里也许很不安全，也许他不愿意带我走。但我已经下定了决心。

老妈妈的祖母是个法力不高的巫婆，但是她特别难缠，她至今都没有死。她对我说："如果有一天你在胶囊里连续一个礼拜不出来，你就会和它融为一体，失去你的生命。另外，你将收到一个小诅咒。"

她把古老的莴苣和颜色奇怪的药水一股脑塞进我的嘴里，我无法阐述那种味道，我想吐，我从来没有感觉这么痛苦过，简直生不如死，但是老巫婆不管我，她觉得这是我自己的选择。在经历了无尽的痛苦之后，我在空气里挥发成了水蒸气，被巫婆的手心吸引，一点点凝聚成一个透明的椭圆形胶囊。慢慢地，我感觉自己被一些清凉的气体包围，我可以看得到外面，但是别人看不见我。

巫婆把我放在一个小盒子里，然后外面又裹了好几层，派人送到蒂亚的住所,他正准备出门。最后他就带着我踏上了去往海外的路途。我感觉在船上摇摇晃晃,他走进船舱打开了盒子,他一定很好奇这是个什么东西。他捣鼓了好半天才看到盒子背面写着的"放进水里"。我看到他犹豫了一下,拿了一杯清水,把我丢了进去。大概过了几秒钟,我感到有一股气体压制着我。蒂亚被突然升腾的气体吓了一跳,本能地闭上眼睛,等他再睁开的时候,我就站在他面前。我的头发上挂着几滴水珠,他看着我,就呆在了那里。

"我可以跟你去任何地方了。"我轻声说。从那一刻起,我知道,在和蒂亚的这场游戏里,我势必会输。

然而在日子变好之后,我也发现了蒂亚的变化:在金钱面前,蒂亚变得不再像从前那么单纯,他要出席各种活动,常常把我一个人留在家里。晚上总是回到了家倒头就睡,一句话都不说。他给我很多钱,让我自己出去玩。但是我觉得,蒂亚的心慢慢地不在我这里。直到有一天,蒂亚早出晚归了几个星期后,我决定跟踪他。

我跟着他来到了红灯区,这是我曾经熟悉的地方,是我曾经夜夜无梦的地方。我脱掉自己身上的衣服,换上一身浪荡的服装,假模假样地跟着他们上了那个房间。那是个很漂亮的小妞,她非常年轻,笑容甜美,像是几年前的我。她穿着红衣服,艳丽如花,我照着旁边的镜子,还是很美,但是眼角已经有了皱纹,岁月的积淀让我变得安静而缓慢,不再拥有属于小女孩的朝气了。我跟着他们走到那个房间,听到房间里亲密潮湿又不堪入耳的声音。然后我拼命地敲门,拍得手上青了起来。里面的人终于开了门,我就这样和蒂亚对望,就像很早很早之前,我拿着胶卷在那条街道和他两两相望一样。

人还在,情已绝。

{四}

"那时候你没有想过要杀了他?"伦达搓了搓有点冰凉的手。

"还没有。"她垂下眼帘,侧脸的轮廓完美得像是油画中人。若不是命运,她该如何享受这个世界的宠爱。伦达眯起了眼睛。

{五}

我把那个女的衣服扒光,让她滚。蒂亚什么都没说,我们回家了。

我们好几天没说话,然后便开始无尽的争吵。起因是我的神经质。从那天开始我就变得疑神疑鬼,总是去调查他,他身边的女人,他今天去了哪里,像个鬼一样跟着他。甚至不允许他给别的女模特拍照,但是我对着他又再也做不出自然的表情了。我不知道蒂亚心里是怎么想的,他什么都不跟我说,终于有一天,他忍无可忍对我动了手。

他打完了之后抱着我哭了。他说他知道错了,他说他真的很爱我,他说他只是一时迷了心智。他抱了我一夜,眼泪在他脸上湿了干,干了又湿,他不敢放开我。第二天,我……原谅了他。

我藏在了胶囊里,跟他去别的地方,不再管他的事情。我们又恢复到以前的样子。有一天他要回我们相遇的老地方办事情,叫我不要跟去,说那里很多人认识我,影响也不好。我答应了,可是心里还是舍不得他,于是我临走前变成胶囊藏进了他的相机包里。

我发现,晚上他带了一个女人回家,那个人是我曾经的姐妹,是那个很早以前偷了他相机的女人。我的心都在滴血,我躲在胶囊里哭泣,却完全没有办法。

后来……我和蒂亚又大吵了一架,他对我的不信任感到大发雷霆,并说自己是为了不让那个女人公布我的照片,不让她说我是妓女,为了堵住她的口才去见她的。我对他说,原来终究你还是嫌弃我是个妓女。

就是那天,我们互不相让,他又对我动了手,我再也无法抑制内心的憎恶,拿起旁边的水果刀,捅进了他的心脏。

我们互相对望,我的眼泪在脸上停止了流动,时间从来没有走得这么慢过。他张口想对我说什么,最后还是闭上了眼睛。

我变成了胶囊,等着世界对我的审判。

{六}

伦达低下头,想去握住女孩的手。

她轻轻挣脱了,过了好久才开口:"原来,你是有妻女的。"

伦达抬头,像个做错了事的小孩,一时间语塞。

"谢谢你救了我,伦达。"她抱住他,"我本来就是一个千疮百孔的人,只要能活着,就已经是最大的殊荣,我也不再相信男人,只相信自己。"

伦达把头搁在她的肩膀上,喉头有些哽咽:"拜托你,再相信一次。就再相信一次。"

{七}

　　舍赛度过了好几个猫咪抓老鼠的时期,当伦达的妻子回到家中时,她变成了一颗胶囊,她躲在抽屉的缝隙里偷看他们一家人。看他见到女儿时眼角因为笑意皱出的纹路,抱住妻子时娴熟温情的动作。他没有蒂亚英俊,却有高大宽厚的背影和淳厚善良的性情,他看她的时候,眼睛里没有任何的杂质。于是,舍赛的心便一点一点软下来。她摸摸自己的肚子,这一次,她要变得强大起来,因为伦达不再只有一个女儿,她再也不想要躲躲藏藏。

　　蒂亚的案子进入最后阶段的排查,基于蒂亚之前认识的人中,他们认定舍赛是最有可能的嫌疑犯,各处贴满了她的照片,舍赛连出去都不行。伦达晚上疲惫地回到家中,总要深怀歉意地摸着她柔软的额发说:"辛苦你了。"

　　"伦达,你打算一辈子让我躲在胶囊里吗?"

　　男人一僵。他沉默了一会儿拉住她的手:"你知道我心里想的是什么,可是要是你现身,我妻子必定会把你交出去,到时候,你想要被装在瓶子里交给我们警长吗?"他说完之后,又痛苦地皱起眉头。

　　他怎么会不知道舍赛在想什么,舍赛的想法,正是自己的想法。每天上班都要见到印着舍赛的通缉令,男人们色迷迷地讨论着她的面貌或身姿,还有那些等待着有一天抓住她能立功的警察,他感到前所未有的痛苦。有一次他差一点就想把贴满了整条街道的通缉令撕下来。她就在他这里，像一个寄放在自己家里的物品，每当妻女回来，她就又要委曲求全地被自己放在抽屉里。那么，她算什么，自己养的小情人还是宠物，哪一样都比她现在的境遇要好。

然而，说他用保护她做借口也好，说他为一己私欲也好，他都舍不得放她走。她是他的舍赛。独一无二的舍赛。

遗憾的是到现在为止，他都没有想出比目前更安全更保险的方式。

很显然，舍赛明白，带着她私奔这件事，伦达一定是还没有准备好的。虽然伦达和妻子的感情不深，但是他非常爱自己的孩子。更何况，这一次妻子走之后，她把孩子留给了伦达照顾。伦达如何能抛弃自己的孩子，什么都不顾地离开这个地方？舍赛看到过那个胖嘟嘟的可爱得不行的小女孩，她继承了母亲的美貌，又继承了父亲的性情，笑起来心无城府，最喜欢爬到伦达肩膀上嬉闹，还有一双烂漫可爱的大眼睛。舍赛经常托着下巴看着小姑娘，感到有点吃醋，不知道伦达是更喜欢这个小女孩还是自己呢？她想着就笑出声来，自己以后的孩子，会是怎么样的呢？

她随后就发现自己不该还有笑的心情，因为女孩的到来，她已经在胶囊里待了三天了。她闷闷地戳着胶囊，恨不得直接跳出去，那该如何向孩子解释这个怪阿姨的到来，她已经七岁了，不是两三岁什么都不懂的小孩。更何况，她还是很特别的孩子，她不需要伦达来照顾，只要把饭菜留在桌上，她在家里一整天都可以找到事情做，一会儿看看书，一会儿搭搭积木，和猫咪玩一会儿游戏，然后等着伦达回来。她只有趁着她睡下午觉的时候偷偷爬出来，在后花园转转，在她醒来之前又快速回到抽屉里。有几次小姑娘对她爸爸说,她在花园里看到一个美丽的精灵,伦达一口水呛在喉咙口,咳了老半天,然后尴尬地揉揉帮他拍背的女儿的小脑袋。

某天在伦达照例出去上班后,小女孩追着猫到处跑,撞到了写字台,胶囊从未关严的抽屉里掉了出来。她捡起那玩意儿瞧了瞧,发现它是透明的,还软软的很可爱,她睁着一双大眼好奇地嗅了嗅,旁边的猫咪也跑过来嗅了嗅。

"阿咪,这是什么?"

阿咪喵了一声,突然叼着胶囊跳出了窗户,小女孩急了,在后面大叫它的名字,也跟着跑出了家门,她一路追着猫咪,它狡猾地朝她眯起眼睛,一蹦一跃,小姑娘哪里追得上它。等到傍晚伦达回家的时候,看到小女儿在房间里警戒地盯着窗台,窗台上有只猫咪弓着背,不时地舔一口胶囊。

"你们在玩什么?"伦达饶有兴致地跑过去。

"爸爸,它抢了我的东西!"

做父亲的往窗口一看,看到那个胶囊后背后起了一身冷汗,他一下子扑过去:"死猫,给我回来!"那猫更来劲了,衔着胶囊就跑。伦达气不打一来,从屋子后面绕过去,看到那猫"蹭蹭蹭"跳到了树上,然后又从另一端蹿下来,动作快得让伦达措手不及。他的心吊在嗓子眼,生怕那猫把胶囊吞下去,也生怕它把舍赛带到他再也找不到的地方。他满心焦急地追着它,直到看不见它的身影,他终于把自己的心吊到了嗓子眼里。

小女孩的猫咪在一簇树丛里停下来,那里有只黄白相间的大猫懒洋洋地躺着,它们嬉闹了一会儿,等到大猫的主人寻到草丛里的时候,小女孩的猫早已离开,只有一个女人坐在草丛里,惊慌失措地看着大猫的主人。大猫的主人看着她的脸,惊恐地大叫起来。

傍晚五点的时候,伦达接到报警电话,有人发现了通缉的女犯,就在伦达所管辖的第 12 街区。伦达急不可耐地冲出门去,他看到不知所措的女人被关在房间里,手腕上都是勒痕,他睁大了眼睛,无法装作不在意的样子。

她被抓住了,扣住的手腕使她没有办法变成一粒透明的胶囊。伦达拿起电话,假装镇定地和警局作了报告:"警长,我会把她扣在自己家,你们随后赶来。"

"妈妈你看,美妖精。"伦达打开家里大门的时候,妻子也在里面,女儿坐在她的怀里,指着门口他带回来的女人。尽管一脸落魄,她依然非常惊艳。

"这……这不是那个通缉犯吗?怎么回事……"妻子惊讶得不晓得说什么。

"你这次回来得挺早。"伦达心不在焉地问了一句,把舍赛带到房间里。

"搞了半天把女儿一个人留在家里就是为了去抓这个嫌犯,你这个做父亲的真是……"伦达不等她说完,就"砰"的一下关上了门。

"我该怎么办……"他绝望地看着她,他们很快就要赶来了,女儿和妻子还在外面。如果她变成了胶囊,他该如何解释,自己一定会被认为是放跑了嫌犯的共犯。难道他就眼睁睁地看着她被捕吗?他望向她的眼睛,还是和他第一次见她一样波澜不惊,倒映出他的影子。

"舍赛,你听好了,到了里面变成胶囊,我会来救你的。"他压低声音恨恨道。

"伦达！警长在外面！"他听到妻子的叫喊，最后一次握了握她的手，打开门，走出门去。伦达的妻子站在门口端详这个女人，她们对视了几秒钟，最后他妻子凑近舍赛："你若再留下几天，说不定我丈夫会不忍交出你，只可惜，你永远也只是个卖笑的杀人犯。"

妻子看得出伦达看这个女人的表情，让她差一点以为他们好像很早就认识了一样，她笑着摇摇头，看了看这个落魄的女人，突然感到心情变得很好。

伦达看着舍赛一路被送到车里，她自始至终没有看他一眼。他的女儿从旁边拉了拉他的衣服，他低下头看到她天真无邪的眼睛："爸爸，我认识她，你给她画了很多画。你一定很喜欢她，就像喜欢我一样。"

做父亲的喉咙口咽住，抬起头看到舍赛浓密的红发，她最后转过头看了他一眼，她的口型是在说："救我。"

他深吸一口气背过身去抱住自己的女儿。

{八}

摄影师的案件告破，逃亡了大半年的舍赛终于落入了法网。整个警察厅都乐得不像话，舍赛被关在大牢里，将被施以绞刑。

伦达一直旁敲侧击着舍赛的状况，难以理解的是，离行刑日期已经不远了，可是他并没有听到任何关于人失踪的话题，舍赛还好好地待在那里，他心急如焚，不明白舍赛在想些什么，可他没办法进去看她。

到了年尾，雪花开始为这个城市增添气氛的时候，人们都涌到了城市最大的广场里观看这场绞刑。伦达不明白舍赛卖的是什么关子,难道她要以死来给他的心灵上一道枷锁? 不,舍赛不可能这么做,她是个绝顶聪明的女人,也是个清楚大是大非的女人。

小女儿坚持要和伦达一起到广场,连她的妈妈都拗不过她。

"爸爸,他们为什么要杀死她?"

伦达无言以对,他揉揉她的秀发:"她是个好女人。"

"我知道。"她的眼睛金灿灿的,"有一天我在花园里看到了她,她看着我,摸摸我的头发,她说她是从天而降的妖精,她说她住在一个小小的胶囊里。"

"这是你的梦吗?"伦达不知道如何反应。

"我告诉了阿咪,它不理我,也许它觉得是个梦。后来我看到那个胶囊了,可是阿咪把它叼走了。"

"真是一个很美的梦。"伦达亲吻了一下小女孩的头顶,他听到钟楼里发出敲打声,人群嘈杂的喧闹声在广场上和钟声一样以千万倍的速度传送开来,扰得他的耳膜不断地鸣响。他抬头看向那里,看不见女人的脸,因为太远了,但是他看见那头火红的头发,像是那天夜里盛开在他身前的罂粟花,现在,这个毒一点点扩散了,让他近乎窒息。

他转过身去,把女儿抱起来,把她的头按到自己的胸前。

几秒钟后,他感到世界停止了呼吸。

{九}

伦达一直没有忘记那个梦。他真的把她当做一个梦。他认定了那只是一个陌生的女人,却不甘心地告诉自己在警察局的小弟,如果在舍赛住的地方找出任何东西，都一定要告诉他。他无法忘记那天，那个女人对他说的——救我。

安静的日子一天天过去，终于有一天，他的小弟给了他一个瓶子，里面装了一粒透明的胶囊。他欣喜若狂地接过来，整个人近乎容光焕发，近乎癫狂。可是过了一小会儿他就发现，那粒胶囊非常非常小，还不及舍赛那粒的一半。

"据说舍赛死的时候肚子里还怀有孩子。"那人这么对伦达说。

他把胶囊放在床前。他记得很久以前，他还不知道舍赛身份的时候，他也是这么把她放在那里，看着她是否会变身。

他看着那颗透明的精致的小东西，直勾勾地盯着，直到眼睛发酸发胀。

——我本来就是一个千疮百孔的人，只要能活着，就已经是最大的殊荣，我也不再相信男人，只相信自己。

——拜托你，再相信一次。就再相信一次。

——有一天我在花园里看到了她，她看着我，摸摸我的头发，她说她是从天而降的妖精，她说她住在一个小小的胶囊里。

一直不眨的眼睛终于受不了，流下了眼泪。和之前一样，是因为太过酸胀的关系，他很明白这一点。他用手环住那粒胶囊，流下的眼泪滴落在它上面，形成了一个晶莹剔透的保护层。

{十}

后来，谁也不知道后来的结局是什么。

瑟曼家的老太婆也不知道真实的结局是什么。她总是编出好多结局让小孩子们猜。

比如后来伦达带着胶囊出了远门,在船上碰到了强盗,胶囊掉入了海里,之后漂流到了一家农舍。比如后来胶囊里的女孩成了强盗的妻子,孕育了很多的下一代。再比如有个科学家找到了这个胶囊,他用了一生的时间来找那个配方,制造出许许多多的胶囊恋人。比较真实的那一个是,伦达再也受不了良心的煎熬,他离开了自己的妻子和女儿,搬到了遥远的城市,资助了一个修道院。他和舍赛的结晶从胶囊里跑出来,有一张天使一样的脸,她时不时躲进胶囊里和自己的父亲捉迷藏,让伦达很是头痛。她长得很像舍赛,却一点都不像伦达,有时候他很好奇她是不是舍赛的重生。等到她长大的时候,她便开始勾搭很多的男人。

伦达给她讲她母亲的事情,小女孩却从来不听,她说:"我和妈妈从同一个胶囊里分解出来,我知道她的每一件事。"

舍赛还说,只要是女孩,满了 18 岁,之后她们就只有 12 个月的寿命,若对方不愿接纳她们,她们就会失去胶囊恋人的意义,回到胶囊里安眠而亡。

这是巫婆给她的小惩罚。

至于伦达一直以来都不明白舍赛的死。女孩说,因为要孕育她,必须要吸收胶囊里充足的营养,如果妈妈也变成了胶囊,叫她如何吸收里面的营养从而变为胶囊呢。她这一生因为依赖于胶囊而存活,那么下一代,也必将接受这样的命运。她用自己的死换取了新生命。

这也是舍赛给予伦达的小惩罚。

无论如何,伦达·瑟曼似乎都忽视不了这个胶囊小美人,她的红发,她的明眸,她是他爱人的影子,是他爱人的延续。

　　而那个曾经在花园里看到舍赛的女孩,她一点点长大,迁徙于各个城市的时候都没有忘记带上父亲留下的画。除了父爱以外,他留给她的也就只有这些了。她尽管痛恨他最后的离开,却深刻地知道,只有来自心底的爱,才能描绘出如此细腻精致的人脸。而儿时的那个梦,却真实得如同一直盘旋在脑海里的电影,她千百次出现在她眼前,虚幻而真实。

　　瑟曼家的老太婆,不管是哪个时代的,她们都会告诉孩子,她是住在胶囊里的女人,他们想象她能死而复生,能各地漂流,能施邪恶的巫术,但是谁也不知道是不是真的这样,谁也不知道她叫什么名字。

　　他们唯一知道的是,她曾经存在过。

彼岸空与茱丽叶

彼岸空

甲板被初升的太阳铺上小尘埃。

远离城市。剩下空气、太阳、海面。

光混合尘埃,光尘倾动。把水色的冰冷款款洗去,水波也扬起温柔的触角,波纹潋滟地贴在轮船的皮肤上,显得温暖而不羁。

刚才又模模糊糊做到那个梦了。妮戈把白色太阳帽往下压了压,目光放远,本来连绵的群山和红白相间的欧式小筑已流落视野外,此刻大海成了唯一的主人,像人类炫耀着自己广袤的身躯。

她喜欢站在船头,这样似乎就能看见威尼斯的美好面目,浪花并不乖巧,时不时会有水滴溅到脸孔上,身边是两个美籍少女在互相打闹。妮戈用手擦去水滴,闭上眼睛,眼前仿佛出现了那个梦境中的色彩和离开之前的回忆。像是被素描的手指冠上的画面,简单而浓烈。从心口慢慢流过。

梦　境

妮戈清楚地记得那些燃烧起来的颜色。从梦境里一直渗透到现实来。

像火一样,冲散眼瞳内浓重的大雾。

沉甸甸的梦境。

梦境里是白鸽瞬间冲上云霄的画面,无数的翅膀覆盖了头顶强烈浮动的阳光,碧蓝的天穹。底下水波潋滟。

那种蓝不是自己生活的地方的天空颜色。纯澈,透净。

哥特式的大钟楼。明亮的大理石阳台。还有少女美丽而略带忧伤的侧脸。

阳光浅浅薄薄地透进来一层,铺到脸孔上打下阴影,睫毛显得厚重。一半的黑暗被淹没。光和窗檐连接着,吸收了尘埃。

弄醒妮戈的却不是它们。门外有些过度的响动让她皱了皱眉头。她揉揉眼睛从床上坐起来,赤裸的脚踝上有个小铃铛微微响动。

白色睡裙的下摆轻轻摇曳。

放置着马克杯的桌子旁,男人皱着眉头,神情躁怒。岁月夺去了他曾经的容颜,硬朗的脸部线条却没有消失。妮戈没有看他,直接走到母亲身边,她的头发长而亮,天生的金黑夹杂,美好得不似真人。

她伸出手想要摸她的头发,却抓了一个空。心尖猛然一颤,才反应过来,她已经不在。

再揉揉眼睛。

房间里只有男子一人。马克杯里面满满的酒气,颓然不醒,青色胡茬残留在脸上。

妮戈皱着眉头从他身上跨过,收拾凌乱的屋子。铃铛轻轻响动,混合着太阳的青涩气味。却让妮戈有一种淡淡的厌恶。这个铃声不时在提醒她:你母亲死了。

信　件

一年前她在癌症的折磨下慢慢消瘦下去。即使如此,她的精力还是明如火烛,甚至会抽出时间来和父亲进行对吵。这几乎成了她生命中的一部分。妮戈不喜近异性,再加上母亲在自己面前表现出的行为,越发觉得很多事情都是父亲的错。从小父母的感情便是淡淡的。

她记得母亲死去的时候还是极美的。容颜憔悴,流露出一种动人心魄的苍白。父亲就在她身边看着,眼光柔软,如同和母亲刚认识的那个时候,然后背对着所有人蹲了下去。妮戈不确定他是否哭了。

在自己的心中,父亲是不够爱母亲的。

如果爱,这么多年就不会有那么多无谓的争吵。甚至在母亲生病时。她记得母亲曾搂住自己轻轻说,我真想他。她知道这个"他"不是父亲。对于幼小的自己来说,这一切只能说明父亲是不够爱母亲的。

她再次皱了皱眉头。

在极小的时候,自己就喜欢一个人独自走出去,走到不同的地方去。从城镇,到国外。每一寸土地都有一个灵魂。她这样深切地相信。在母亲死去后妮戈想要出去。可是父亲不允许。他在害怕。害怕她像母亲一样,就这样一去不回。他的专制和霸道从母亲身上转到了她的身上。对此妮戈深感不适。

她把地板上的东西收拾好。打开小书房的抽屉,把它们一一整理好。这个抽屉是父母共有的,他们并不介意小妮戈时常来光顾,以至于后来渐渐长大,也会成为她寄托无聊的一席之地。

抽屉里有很多宝物。至少对她来说是。

母亲年轻时候的照片。结婚照。日记。父亲的游记。

凌乱而干净,打开它们,就像是洒在心房上柔软重叠的阳光。味道至暖。

妮戈想要找一张父母的结婚照。她记得母亲穿婚纱的模样是最为美丽的。可是翻了好久都没有找到。她呼了一口气,猛地把抽屉整个拉出来,甩在地上发出巨大的声响。她丧气地坐在地板上。一切都只是借口,发泄悲伤情绪的借口。她只是忽然极想念她了而已。于是她干脆蜷在地上,用两条细细白白的手臂环住膝盖,脸贴在皮肤上。这时,两只露在外面的眼睛忽然被拉下的抽屉的边角物体所吸引。

被摔在地上的抽屉,所有的东西都混乱地摆在地上,纸张,照片,信件。

白色的信封,上面只有几个英文单词,夹在抽屉的夹层里。妮戈把它拿起来,上面写着,给弗列侬先生的信。署名:茱丽叶。

女孩眼光一凛,慢慢拿出信纸。

油墨味清新扑鼻。

却明明是已有些年代。

里面夹着一张年轻女子的照片。照片有些泛黄,但还看得出是极美的女子,面容一派纯真,还是少女时代的样子。

很多字迹变得模糊不清,有的被灰尘和渗漏的墨水弄花。只有最后一行字显得完好,字迹秀丽。

亲爱的,她总有一天会知道。

妮戈的手指骨猝然收紧,仅剩苍白。

离　开

睁开眼睛。日出时天光尽失,无言夺目的景色已经缓缓离去,天空被覆上毛茸茸的波光,从海镜子里折射上去。碧绿剔透,不同于自己家乡的天空,总是灰蒙蒙的一层。那些浓重而简单的色彩在瞳仁深处慢慢流动,还没有全部从眼前消失。

离开的时候只带了一包行李。里面放着衣服,古老的 CD 机,大耳机,妈妈的照片,素描本子,还有那份信。

曾经以为的海誓山盟和美好初见原来都隐藏在深深的时光中,掩藏住秘密和悲哀。

妮戈一直在想。

"她总有一天会知道。"

知道什么呢? 知道父亲在多么久之前,和一个名叫茱丽叶的年轻女子的藕断丝连,或者旧情复燃。

那张照片上的女子,确实美得令人动容。

她忽然替母亲感到深深的悲伤。她承认自己是多偏爱母亲一点的。难怪母亲会在吵架中指责他"乘虚而入"这样的字眼。

好奇心像是爆米花一样日益膨胀。她看着上面的地址,心一横,只留下一封离别信,就独自离开了。

她再看了看那张照片,觉得这个面容有些似曾相识,因而显得急躁起来。

意大利。威尼斯。她在那里。

妮戈把手中的信封握得皱巴巴,她要知道真相。

阳光彻底覆盖了整个船头,人们三三两两从船舱里走出来,面容倦怠但欢愉。一个棕发的白人男子轻轻哼起曲来,妮戈觉得有点像英式的乡村乐,听着淡淡的舒畅,柔柔地触碰到心壁上。

轰鸣而过的汽笛声让她有些恍惚。这种在外的自由感让她从心底感到兴奋。如果不是因为这次的特殊原因,应该会是一场极为诗意的美好旅程。妮戈打算到意大利之后,往威尼斯西面——位于莱西尼山脚下的那个城市去。她伸了一个懒腰打打精神,淡水雾色的眼睛顿时充满了水汽。

维罗纳

女孩的鞋底踩在这个城市的时候,空气温度适宜。只是午后的阳光难免有些过于热情。

妮戈带着一个大大的旅行包,穿着白色的露肩棉布裙子。她尤为喜爱白色。整个人清冷桀骜,很难找到一般女孩子的感觉。她像是一个独特的个体,不代表多出色,却绝对独一无二。

就这样眼神好奇而淡然,时不时孩子气地扫过每一寸空气,每一个白砖黄瓦的精致小洋房,每一个谈笑风生的人。人们偶尔会转头看看这个孑然行走于人群中的白衣少女,白色皮肤显得晃眼,充满了年轻的张力。

这里是意大利的东北部。位于阿尔卑斯山南麓,临阿迪杰河,东距威尼斯114公里的美丽小镇维罗纳。碧青色的水和桥栏杆的乳白色惹得人想要轻轻尖叫。异域风情像是无尽的阳光,统统归集到女生的瞳孔里。这里太美了。

如果不是妮戈性格使然,她完全可以从热闹的人群中听到有关于维罗纳的介绍。可是她习惯独立而行,因此一个人充满好奇地走在维罗纳的大街上。那些在空气中浮动的细小微尘,洋洋洒洒在哥特式的大钟楼上,宏伟屹立在妮戈面前。

维罗纳的空气是如此真实。简单、干净,饱含古老的淳朴。大城市的喧闹张扬在这里悄声隐没,古老的维罗纳,每一寸气息都似乎穿越了几个世纪的轮回。鼻腔里溢满了潮湿的味道。

妮戈的目光所及处,相夹在碧蓝河水上的青色桥墩,独栋小别墅如同红白相间的蛋糕般诱人,钟楼高耸云霄,和青蓝色天空联成一体,似乎望不到头的高远,古老的墙壁还隐隐散发着中世纪的味道。

肩膀忽然被人拍了一下。

妮戈回头。发现竟是自己同船的那个在甲板上哼曲的白人男子,有着棕色的鬈发,眼睛湛蓝色,轮廓很迷人。

"嗨。你一个人吗?"

妮戈对他一笑,两人一起往前走,像是熟知多年的老朋友,这个人给她的感觉很舒服。

"对。"

"维罗纳很美吧?"

"嗯。你是哪里人?"妮戈笑着抬头问。

"我吗? 你猜。"

妮戈低头一笑,觉得他孩子气,不做无谓的游戏,继续东张西望。

男子答非所问:"维罗纳极负盛名的原因,多半也是来自于茱丽叶。于是游客争相而来,不然这里一定是宁静而悠远的地境。"

"嗳——茱丽叶?"妮戈忽然抬头。

"怎么,你不知道茱丽叶?"那人啼笑皆非地看着她。

妮戈想了想,忽然觉得两人可能并不是在说同一个事物,于是试探性地问:"你说的是《罗密欧与茱丽叶》里的茱丽叶?"

他笑开来:"不然还有哪个茱丽叶啊?"

妮戈的眼神有些愣愣,恍惚得不知道在想什么。

她思量了很久没有开口,觉得走下去再说。

"难道你不知道这里有茱丽叶的故居么?"男子好奇道。

"嗯。不知道,我只是喜欢到处旅游。"她笑,忽然道,"你似乎都没有问我名字。"

男子大笑:"你真可爱。我叫杰里。你叫什么,小姐?"

"妮戈。"她答。

"妮戈,这里的游人可都是为了茱丽叶而来的,老实说似乎这就是罗密欧和茱丽叶两个人拥有的城市。你想去茱丽叶的故居看看么?"

"嗯? 嗯……好。"

她低头想了一下同意了。她并不怕他是坏人。她有足够的经验保护好自己。

茱丽叶

　　"这里原本是罗马人的殖民地,所以有很多罗马建筑,看到没有?"杰里双手放在口袋里,嘴巴一张一合,向四处捕捉景色镜头的妮戈介绍。

　　女孩对这座古城充满了好奇。这里拥有美丽得惊人的宫殿,城堡像是屹立万年不倒,紧闭着的大门像是另一个世界,歌剧院在空气中像是一曲庄严的圣歌,钟楼呈现出肃穆或者俊俏的姿态,青铜像在街道上随处可见。尖顶的教堂在有些湿漉漉的美好的气晕中轻盈地站立着,里面偶尔飘出的圣诗班的歌声晃荡着飘向维罗纳的天空。然后消失不见,声息却长存。

　　"你知道古罗马的科洛塞奥格斗场么?"

　　"嗯,很壮观,但是也很残忍。"妮戈做了评价。

　　"这里有一个圆形的阿莱纳大剧场,规模也很大,就比那个小一点。圆形的,从上往下看简直就是一个聚宝盆,大得令你震惊。"

　　"是吗? 说得我好想去看看。"

　　"如果我有幸的话可以陪这位可爱的小姐去,不过现在——"他眨眨眼睛,"我们要去观赏一下亲爱的茱丽叶小姐。"

　　两人在市中心慢慢走过,各色人群,让妮戈有一种位于世界深处的感觉。经过芳草广场时,杰里指着前面一条路兴奋道:"就快到了,卡佩罗街 23 号。"

走进卡佩罗街,妮戈随着杰里七拐八拐,来到了一处绿叶簇簇的小院落,看起来宁静而美好。杰里让妮戈走在前面。他们走进去,一座精美的青铜像被绿叶簇拥着亭亭玉立在院落内。十分动人,是一个女子的模样。铜像被擦得锃亮,特别是右胸,据说可以带来美好的爱情。女孩眉宇间带着轻微的哀愁,显得温婉恬静。时光似乎为她披上了古老的纱裙。妮戈睁大眼睛。

"茱丽叶。"杰里告诉她,"这就是茱丽叶的真人铜像。"

妮戈却在心里摇头,不,不是,这就是在她梦境中出现过的女子。美丽而略带哀伤的脸孔。

真是恍然如梦。

杰里看妮戈有些发愣,继续道:"你看这里左上方,是罗密欧和茱丽叶曾经谈情说爱的地方哦。"

妮戈向上望去,那是一个并不宽大的大理石阳台,集聚了古老的神韵,屋顶上有漂亮的植物,在空气中散发出一种奇特的韵味。她忽然有些好奇:"是真的么? 真的有罗密欧和茱丽叶存在过?"

"这个么。取决于你自己了。"杰里很爱笑,硬朗的下巴线条在笑的时候,会变成好看的弧线,"你愿意相信,它就是真的。"

他带她到楼上去,她看到这个有精致油画的老式小楼里,显得有些空空荡荡。

他们走下楼去,妮戈似乎有很多疑问,杰里不等她开口就道:"13 世纪末叶的巴尔托洛梅欧王的统治时期,据说茱丽叶就是和情人在这个时代殉情而死的,总之莎士比亚笔下的茱丽叶在这里出生,于是这里就变成了茱丽叶的故居了,甚至有些完全没有关系的商店都被冠上了茱丽叶的名号,这似乎有些过了,不过出于人们的美好心念,还是可以谅解的。"

妮戈四处打量,朝那个年代久远的信箱看去:"这是干什么的?"

"用来放世界各地人们写给茱丽叶的信件的。以前埃托尔·索里曼尼会回复哦。铜像上还有很多他的斑鸠哦,都是训练出来的,游客来了以后它们会停在铜像上亲吻你。"

妮戈惊讶地抬头,似乎在想象:"谁是索里曼尼?"

"因为茱丽叶和维罗纳的特殊关系,从上世纪开始就已经有人写信给茱丽叶了。索里曼尼负责回信,他是个极好的人,嗯……这么说吧,他觉得不给别人回信会让人家失望,于是每一封信件他都会回,就这样不辞辛苦工作了 25 年。后来信件太多了,他就请了很多帮手。还有很多志愿者成立过社团,现在有一些人接替了他的工作,他们都叫做'茱丽叶秘书'。很有趣吧?"

妮戈静静地盯着茱丽叶的铜像看,然后拿出放在自己衣服内口袋里的信。

来信人:茱丽叶秘书。意大利维罗纳。

深　爱

这一切都太扑朔迷离。我要知道真相。

所谓的茱丽叶。到底是——?

杰里带着妮戈来到一个秘密的信件工作室。他告诉她这里有九个人在做"茱丽叶秘书"的工作,他们中有八个是维罗纳人。

妮戈在那里看到了世界各地人们带着美好心念写下的信件。那些做着回信工作的人们,让她忽然从胸腔里冒出一股感动。历时几个世纪的爱情,经过时间的磨砺,居然毫发无损并一直存在着。

杰里和妮戈把原因仔细地解释了一遍,态度极为诚恳并且坚决。有一个女子答应了他们的要求。

他们翻了档案中的信件,终于找到了一个和来信中收件人名字相符的——吉斯卡。

父亲的名字。

曾在五年前获维罗纳政府颁布的"最佳天堂来信奖"。

妮戈坐在院内那个大理石桌子上。头顶的天空依旧湛蓝,只是天色稍微有些暗下来。街上的人群也少了,失去了哄闹声,夜色降临中的维罗纳真正变成了一个宁静的与世隔绝的圣地。

她闭上眼睛,感觉似乎有一群一群美丽的白鸽在头顶盘旋,然后在她的唇上印下一吻。它们的翅膀划过天际,在茱丽叶的铜像上驻留,在时空里穿梭。

睁开眼睛,她拿起信一字一字地读起来。双手微微颤抖。她的眼皮一睁一闭,然后眼泪吧嗒吧嗒掉下来,有些泛黄的信纸忽然透明起来。

亲爱的茱丽叶:

冒昧我给你来信。你是这个世界上极为美好的女子,我多么希望也能拥有如你这般的爱情。我想也许这些埋藏在心里的话只能告诉你。

我深爱一个女子。但我知道，她并不爱我。

而我对其深爱。

她是我最好朋友的女朋友，我和我的朋友都是军人。他们深深相爱，但在那一次的前哨战中，上帝没有眷顾他们，我的朋友被击中胸口，当场死亡。在他们恋爱时，我就深深爱着她，可是他们都是我的朋友，我只能祝福。我没想到我的好兄弟会轻易地走向天国，我得到消息的第二天见到了她，看到她憔悴得不成样子。

我想要照顾她。尽管我知道她不会爱上我。

可是她不愿意，我低估了他们的爱情。我怕她想不开，执意要照顾她。她依旧不愿，她认为我不欠她什么，并且我和她没有关系，不应该在她身上浪费时间。

我无法放手。

为了能让自己在她身边，我想出了一个谎言。我告诉她，她的爱人是因为我而死的，他让我务必照顾你。我知她会从此恨我，却也只有这个办法可以把她留在身边。

她恨透了我。如果可以，她一定会杀了我。

日复一日。她终于嫁给了我。虽然我知道她依旧不爱我。我只是个乘虚而入的恶魔。可我太爱了，爱得没有尊严。

我们每日无休止地争吵，和解，然后再争吵。她每次都会提出他来，我无法忍受，于是越吵越凶，她只当我娶了她是为了赎罪。她不会知道我对她的爱那么深那么深，不然怎么会一直一直不离开。

我愿意把这个秘密保留一辈子。今天我带她来看茱丽叶的铜像。我们难得平和地相处了一个下午。我忽然想，如果她知道我爱她丝毫不亚于罗密欧与茱丽叶，那么，她能不能笑靥如花，说，她也如此呢？

　　也许我等不到那一天，但是前者是实话。

　　亲爱的茱丽叶，我并不需要你指点迷津，我只是心里有千万想要说给她听的话，却开不了口，她就是像你一般的存在。所以我把这封信投进你的信箱。就好像已经告诉了她一样。

　　告诉了她，我对她的——深爱。

与你素不相识的吉斯卡

　　——亲爱的，她总有一天会知道。

　　他们写给你的回信。告诉你，她总有一天会知道的。

　　会知道。

　　不是如我所想的那样你爱上别的女子。

　　而是，

　　会知道你对母亲的深爱。

　　妮戈拿出那张夹在信里的照片。眉眼清丽而熟悉。

　　自己却没有看出来。是母亲。是少女时代的母亲。美得让人认不出。没有经历过岁月的蹉跎而充满了花一样的单纯的笑。

　　这种笑容，一定是父亲最愿意看见的。只因为母亲也许再也无法这样笑，所以才那么珍惜这张相片。

妈妈,你知道了么? 你看到了么?

他说,你是他的——深爱。

再见彼岸空

妮戈把信折好,在大理石桌子上看见一本名册,上面写着世界各地游客的姓名。她恍惚地想,父母一定也有在里面签名吧? 那么多名字,很难找到。她沉吟了一下,在本子上写下三个人名字。吉斯卡,妮维拉,妮戈。

然后转过头去,看见杰里在对自己笑。

她无言地看看他,眼神充满感激。

她最后看了看茱丽叶的铜像,空气里多了冰冷的气息,浑身却热融融的。

"杰里,我准备乘明天早班的船回家。"

第二天清晨,妮戈坐在甲板上,船还没有启程。

还一如刚来的时候一样,她的眼睛里充满了迷茫的雾气,脸上却有淡淡的笑容。太阳露出一点点光环,躲在云层后面准备以最好的时间放出万丈光芒,照亮整个维罗纳城,让新一轮的喧闹继续开始。古老的城邦和久远的砖墙在瞳孔里呈现出光灿不灭的模样,她仿佛还能闻到这座城市特有的轻盈味道。

以一种远离世界的姿态,向全世界的人们展示爱和诗交融的奇迹。并不真实的人物,却给维罗纳套上了唯美浪漫的光晕,沉静的古城包容了爱的全部。

她昨晚又梦见了茱丽叶。那是最后一次。那个眉宇间有淡淡哀愁的少女对她恍然一笑，消失在梦境深处。

妮戈深吸了一口气，船长在后面叫了她一声："小姑娘，有人给你的信。"

她往海岸上望去，并没有看到人。打开信。倾斜体十分挺拔。

亲爱的妮戈小姐：

我是杰里。我陪你游览的维罗纳，只是一部分，不过你想要回去，所以我也就不好再挽留。

你一定很奇怪我为什么会和你说话，给你做路引。

去维罗纳的游客都是成双成对的恋人，他们在这个浪漫的古城享受茱丽叶的祝福。只有你，瘦瘦小小地倚在船头，没有表情，孤单却不孤独，眼睛里充满水汽。让我一下子就注意上了你。

你笑起来很可爱，要多笑笑。有你在的旅程很快乐。

知道吗？其实我是维罗纳人。这次回来是为了做"茱丽叶秘书"，这里有很多志愿者是怀着和我一样的心愿。我想要给那些人们看到爱，就像你父亲那样的爱。

顺便告诉你，你没有来得及去看的在卡佩罗街的情人墙，我在上面写下了一句话。如果你以后能够看到，就来找我吧。

后会有期。

你认识两天的朋友，杰里

妮戈朝船头奔去,她看见了岸上的杰里。他露出一贯爽朗的笑容,对着她招手。妮戈对他挥手,挥着挥着船便开了。其实那天晚上她就看到了。在那有全世界许多恋人名字和祝福的墙壁上,那个意大利男子用笔写上了"TIAMO——Nigo——Jeali"她想这种TIAMO完全可以理解为友谊。她凝视着后面美丽的维罗纳,低低地念叨了一声:"后会有期。"

海风把头发吹起来,露出光洁的额头。

她感到前所未有的舒爽贯穿全身,就像这被轮船划出涟漪的水面,一波一波咧开笑容。

她看着波浪四起的海面,想着要快点回家,要告诉父亲其实自己也很爱他。旅行结束,回到自己原来的地方。她的声音湮没在风里,飘向很远很远的天空中,放眼碧蓝一片。

——再见,彼岸空。再见,茱丽叶。

嗨你电话号码多少？

弄堂口出去竖马路的涂鸦墙要被拆掉了,那里曾经有我的小学,操场只有人行道这么宽,我每天下课去跳橡皮筋。破烂的四层教学楼,外墙面剥落出灰白色的底层。我拿了支记号笔在墙壁上划来划去,发出吱咯吱咯的声音。这种声音,包括粉笔划黑板的声音还有泡沫塑料盒的声音,我都不觉得难受,除了磨刀声。木木腾解析说,人类进化之前作为猿人时危难警报声和这种声音很像,所以人才会觉得那么难受。至于我害怕磨刀声,可能因为前世是待宰的猪的关系,不过这个还要经过一系列的考证。前两日新生报到的时候,我给了帮我拿包的男同学电话号码,这个方法一直以来屡试不爽,没想到这人竟然马上打了过来,还特别委屈地说:"同学,不给就不给,还给个空号……"时至今日,我在这面墙上划下木木腾的手机号,再加上"梅毒包治"几个字以后,突然觉得这咯吱咯吱记号笔的声音也挺难受。

　　不知道为什么明知道是空号还要写,后来我就再也没有用过木木腾的手机号。

　　从高中起每一次搭讪我都会给对方写上木木腾的手机号。木木腾其实不叫木木腾,我生了一双通贯手,打人特别疼,木木腾每次被我打完后从来不说话,过了一会儿跑过来,双眉紧皱,说:"真的好疼。"我说:"你这个木头,木了那么久才疼。"他也不回嘴,回去做他的数学题。木木腾是个奇才,之所以说他是奇才是因为他除了在数学方面几乎一无是处,所有的数学题在他面前都可以变成菠菜罐头,等他消化完以后就成了一个可怕的数学怪人。但是他不喜欢教人，我每次求他教我的时候都会尊称他为数学队长。可是木木腾还是不肯教我，他说我的世界是二维的，是没有办法去做立体几何的，还叫我以后不要去看三维电影，浪费钱。就算带着立体眼镜我的视神经也不可能与脑神经接通。他还说我的脑袋里只有一根线条所以代数也是个难题。我说："你别这样，你再试试，我一定好好听。"后来我记得那个下午我对木木腾说了好几遍，"嗯……你让我想一下。"我想啊想，然后木木腾就在教室里睡着了，这件事被大家传为笑柄，原来数学队长也会被数学搞睡着。

有时候会突然想，没有木木腾的初中时代我是怎么对付要电话的人的呢？好像……也没什么人问我要过吧。那个时候我戴着一副超大的粉红色眼镜，遮住一半的脸。头发又蓬又卷，总是有调皮的男生在后面故意用我听得到的声音说："看看她头发好像稻草喔哈哈哈哈。"最委屈的是我还不能像好看的小姑娘那样转过头微蹙眉，让他们感到不好意思，要是我做这样的动作，一定只会有适得其反的作用。连我自己想到那副表情都要……也许我可以露出我的钢牙。我刚进初中的时候换牙换到了最后的阶段，有一处还没有掉牙齿的牙龈长出了新的牙，预计会长出小虎牙的效果，爸爸说太难看了，虽然把我生得丑了点，但好歹牙齿要弄弄好。感谢爸爸，我的绰号不像其他戴眼镜的小朋友被叫做"四眼田鸡"，我是"四眼钢牙"。

这到底是要怎么样的怒吼才能宣泄我的悲哀啊——我真的是个小姑娘吗？

虽然我心里一直坚持自己是一个可爱的女孩，但每次抬头照镜子就会让我这个信念破灭一次。后来我很害羞地把这件往事告诉木木腾的时候,他想了一会儿说:"就算你到八十岁还没变漂亮你的信念也不会破灭,我就说,你的脑子是二维的。"

总之,当时我看着班级里那些留着长头发,说话轻声细气,考试总是很优秀的小姑娘就特别想把她们的头发拽下来接到我的脑袋上。鉴于我已经没什么外在美了,我只好努力提升我的内在美,然后和怨妇一样对自己灌输,没关系,外表的美不能坚持太久,心灵的美才是一种高尚的道德情操。很难想象我预初班就有了这么深刻的觉悟。老师也被我感动了,于是把全班最差的男生放在我旁边做我的同桌,他几乎一刻不得安宁,从来不交作业,要命的是我那时候还是个特别顶真的小姑娘,不行,不交作业不许回家! 最后他终于受不了了,对我叫道:"你到底想怎么样啊,四眼梅超风!"

于是我当时特别拽地斜了半个头仰视他:"对不起,我是四眼钢牙。"

不敢相信,不敢相信我真的这么说了,每每回忆起来都有一种想哭的冲动。

做坏事的人总是一伙一伙,我却只是三三两两和女孩们在一起,好像融不进任何小团体,或者说,不知道该怎么融入。我同桌皮肤很白,我们可以暂且叫他阿白,他眼睛明亮皮肤白嫩,不时在我回答问题的时候把我椅子抽掉,尽管这是种毫无技巧可言的小伎俩,他却始终乐此不疲,我每次摔到地上也不会喊疼,拍拍手就起来了。每次老师教育他,他就会顶撞说:"她又不是女孩子咯!"这让我心里很委屈,但我还是表现出一副天不怕地不怕的样子。其实有的时候,阿白对我还是不错的,或者说,只要他一乖,我就没法记恨他,我也会上课和他偷偷说悄悄话。我最讨厌的不是他总是烦我。那时候我们班有个男生,阿白叫他肥婆,后来全班都这么叫他。他长得很胖很胖,说话声音又小,像个女孩子,总是灰头土脸的,也不是那种任人欺负的小孩,但毕竟身材有限打不过人家,表情总是倔倔的,手上皮肤总是擦不干净的样子。每次一看到他被人欺负,我就怎么也忍不住冲过去帮他,有的时候和他一起打男孩子,他们笑被叫做肥婆还要女孩子帮忙,那被欺负的小胖子就特别怨恨地看着我,仿佛我是过去害他一样,可尽管如此,我还是忍不住骨头轻。我和阿白也会互相打,好在他每次都手下留情,打疼了我就趴在桌子上偷偷哭。但我明白他已经下手很轻了。

木木腾问我:"你怎么总是这么……独树一帜。"

哇噻,他还会用成语。

其实有的时候我也很坏,我不给阿白看我的作业,我明知道他做不来。我考试的时候也不帮他。那时候我数学就很差,有次偶尔考了九十分,坐在我后面的女孩小声说:"她肯定是抄人家的,学习委员就坐她走廊旁边。"我还没来得及生气,阿白咻地跳起来,转过头就对着后面桌子喊:"八婆! 你才抄! 你一家都抄!"当时人小女孩吓得眼泪刷地就下来了,结果这厮越骂越起劲,"最讨厌就是你这种女生了,背后说人!"我一下子心就软了,拉拉他的手,"别说了。"他回头看我一眼,"拉我干嘛,四眼梅超风!"

像这样的人,我是——绝对绝对不会再对他客气的。

后来我们可以换座位了,可是他死活不愿意换,还是要坐在我身边,我对此怨恨得不得了。

即使日子过得这样风生水起,每当老师批斗这些歪猴子,那些平时被他们让着的女孩们一个个都在说他们坏话,我却傻乎乎地跑到老师跟前说,他们其实人挺好的。每次班主任都用一种奇怪的眼神看着我,现在想到,一定还是觉得我很奇怪吧。

每次考试,我们分答题纸和考试卷子,我都把正确答案偷偷写在答题纸上,卷子上再写一份相反的给阿白看,他特别感激我,也一直很纳闷每次他的分数都特别低。毕业的时候我把这件事告诉他,他说:"切,我早就知道了好不好。"他刚坐到我旁边的时候比我矮了足足十厘米,每次吵架都要站起来,毕业的时候他比我高了足足十厘米。有次学校汇演的时候,他坐在我旁边,突然问了句:"你电话多少?"我当时一紧张,胡乱说了句:"我家……我妈不允许男孩子知道我家电话。"他愣了一下,"切,不给算了。"

至于那个肥婆,他戴着墨镜的老爸后来专程堵在我从学校回家的小弄堂口,凶恶地问我是不是某某某,我说是,他就从书包里拿出很多很多吃的,"喏,拿去,我儿子说你一直很照顾他,小姑娘,谢谢你啊。"他说着狠狠地拍了拍我的肩膀。不过后来,那肥婆和那群臭小子搞好了,也轮着一起欺负我。这件事告诉我一个深刻的道理:男人都是没有良心的,不管他是四十岁还是十岁。

不过后来肥婆私下拦住我,就和他爸那会儿一样,犹豫了很久跟我说:"你,你把你电话告诉我吧,那我以后就不欺负你了。"

喔呸。

不不不想再回忆这种苦楚的童年了,人家一放学一群小姑娘去逛小商品市场,而我沦落到去和小流氓踢矿泉水瓶子的初中生活,不想再想起来了!

"那后来你给了没啊?"木木腾画了两条抛物线,头也不抬。

"当然没啊,宁死不屈。"

……其实我给了,嘘!因为肥婆跟我说他爸爸会给我带很多很多好吃的。这件事也告诉木木腾一个道理:不要相信女人,不管她是五十岁还是十五岁。

客观来说,木木腾放在七十年代也许会更加受欢迎,可惜现在这个时代太浮夸了。他总是埋头做自己的事,一点也不阳光,不会打篮球,穿的衣服也不潮,而且,他最不喜欢在衣服上搞花样,他觉得只有内心不成熟的男人才会在外表上搞得那么考究,又不是小姑娘,所以他经常劝我不要对衣服太讲究。而且他是认真地说这话的。

他成绩没掉出过年级前二十名,他不是天才,也需要复习,但也不算太认真。休息时间喜欢研究电子,最不喜欢谈恋爱,他觉得那很蠢。他非常自我,从来不参加集体活动。女生问他题目,他从来只说自己拿本子去看我教不来。不过我去问他的时候他倒是没有这么说,他连本子都懒得给我,只对我说了句:"你学不会的。"

你学不会的……

那个时候,天知道我有多不喜欢木木腾,我固执地认为男孩子应该胸怀宽广,为人热忱最要紧。木木腾像是一个反体,更重要的是他非常自私,他无法理解我这样的冲头,我也无法接受他那样的冷血。我一直觉得学理科的男生逻辑严谨聪明又深沉,怎么着都比学文的靠谱。可是木木腾周身散发着一股强烈的阴险之气。他看我的眼神似乎总是不屑一顾,这也让我大为恼火。

高一那年我花了一个暑假把头发拉直了,换了眼镜,钢牙也离开了我。所有的初中同学都不认识我了。我也很不喜欢让别人知道我的过去,可是我的性格依然像没长大的小孩,总是由着自己性子做事。我还是很笨,每次进教室跑得快都会被木木腾绊倒,但是他没有一次跟我道歉。有一次他在做一道代数题,写到十几行的时候我冲进来被他伸在外面的脚绊倒以后,他居然非常嫌恶地看了我一眼。我感到下巴上湿湿的,再想到他那个眼神,委屈得不行,一下子就哭了。后来木木腾陪我去的医务室,我惶恐地问医生:"会留疤吗?"校医说:"不会的,不会的。"走出医务室很久,我感到木木腾张张口想跟我说什么。我心软了一下,想他一定是想跟我道歉又不好意思吧。他终于开口了:"你不会真的相信那个医生的话吧?"

我愣了一下说:"什么?"

他不耐烦地转过脑袋,像在跟一个弱智解释:"学校医务室可是最接近天堂的地方,你相信天使吗? 我觉得留疤也不是不可能。"

我的二维脑不明白为什么他那么渴望我相信自己会留疤。我当时只是被他这一转头给愣住了,初中的自卑让我习惯低着头不敢正视别人,特别是异性,直到那个时候我才看清楚木木腾的样子。忽然有一种非常奇怪的感觉,之后只要每次看到木木腾我都会偷偷脸红,不过还好,他是个木头,感觉不到。

在全班登记身份信息的时候,我偷偷地记下了木木腾的手机号,把它写在一张破烂的小纸片上,夹到我最讨厌的数学笔记本里。

而那个时候渐渐开始,走在学校里会有人看我,我神经大条,身边的朋友跟我讲了我也不信,直到后来我自己也能发现这种注视了。不但是男生的,连女生的也有。为了缓解自己的不自在,我都不太敢穿裙子。初中那个时候,班级里总有这样几个女生和那样几个男生闹在一起,闹着闹着就不像话,推来推去,有的男生还会把女孩故意推到墙角压上去,或者是把女孩子拉到自己怀里一把抱住。令我震惊的是那些女孩竟然笑得花枝乱颤。我虽然老土,但人情世故还是懂的。这种厌恶感根深蒂固到高中时代,让我很不舒服,总觉得这些目光不是那么干净。时常有男生结伴来问我要电话,他们有的装出很老练的样子,带着一脸坏笑,有的十分紧张。一开始我感觉有点骄傲又手足无措,直到有一次放学后有几个其他学校的男生走过来问我要电话的时候,我犹豫地说了一句:"不好意思我没手机……"身边有个同班的女生突然不高不低地说了句:"哎哟,给么就给,不给么就不给,还没手机,装给谁看啊。"我从来没有被人这么说过,羞耻得脸一下红到了耳根。她们是嫉妒吗?其实我知道,还有厌恶的情绪在,这正是我最难过的。我害怕与男生交往,又无法有一个好的女生缘。但我妈说过,我就像一头倔牛。于是我故意当着所有人的面叫住那男生:"喂,我改变主意了,我告诉你电话。"我故意从那女生面前跑过去,在他手心刷刷刷写下一个电话号码,头也不回地走了。因为太紧张我走得非常快,一不小心撞到前面的人,头都没抬,只感到手心里都是汗。那人把自行车停下来,我才发现是木木腾。他看了我一眼,推着车继续往前走。我也不知道怎么办,尴尬地走在他身后,过了一会儿,他转头问我:"你们小姑娘是不是都这么随便?"

我写的是木木腾的手机号。在那之后,我每次都写那个号码,我要报复他。可是我最好的朋友不这么觉得,她很鄙视地看着我说:"一般都会写上男朋友的手机号吧,你这是什么情况。"她说我心生歹念,还说要去告诉木木腾。我说:"木木腾一定会觉得你脑子有毛病。"她顿时激动起来:"他才脑子有毛病呢,你就跟这种人混在一块儿吧啊。我怀疑啊,他就是那种结婚了还要跟夫人分房睡的那种男人。"

我们那时候没发现木木腾就在后面正大光明地偷听,有的时候我在想,他到底是不是人啊?

其实我是个很花心的人,我小学的时候喜欢我的数学老师和体育老师,当时有个电视剧,我就觉得他们长得和里面的男一号和男二号好像啊!一个温柔深情一个冷酷帅气,好难抉择啊,到底要选哪一个?电视剧里的女主角也是那么艰难吧,我完全能够体会她的心情。谁能理解一个十岁小女孩复杂又纠结的情感?虽然数学老师没有体育老师长得帅,我犹豫了很久,最后我还是选择了数学老师,谁知道他三年级就不教我们了,我的初恋就是这么结束的。初中的时候我其实特别喜欢大我们一届的学长,可是我又笨又丑,哪敢靠近别人啊。所以啊,我并不是特别在乎木木腾,到了大学我一定会喜欢别人的。

让我彻底变成现在这个样子也是因为那个学长。他那时候总是来我们班找班主任,我却总不知道要怎么跟他打招呼,就像现在面对木木腾一样。阿白看出我喜欢他,于是所有的坏小子都知道我喜欢他,他们老是拿我开涮。那个时候我特别特别讨厌阿白。

本来我是不会再和木木腾有交集的,直到高二的时候我要去参加一个比赛。那时候课业压力很重,我成绩又不好,考砸了就会躲在厕所里偷偷地哭。那天横马路的路段实行交通管制,我在路上不知所措,那段路连着市中心大小马路。礼拜六的早晨,睡眼惺忪的木木腾就像唐僧一样骑着一辆破自行车来到我面前，擦肩而过，我急忙叫住他："你你等等!"我急吼吼地要他带我去比赛现场，告诉他车子太堵没法拦车。木木腾冷着脸说："我要去买菜。"我说："你等等，先送我去比赛好不好，求你了。"可是木木腾还是说："不行，我一定要去买菜。"我当时气得眼泪就下来了，在大马路上像五十岁的中年大妈一样指着木木腾鼻子骂道："你不是人! 你你你买你破菜去吧!"一边说着我一脚踢翻了木木腾的自行车，那轮子在地上无辜地打着转，我耷拉着脸就号啕大哭起来。也不知道过了多久，我听见一声响亮的笑声，泪眼蒙眬里，我第一次看到木木腾对我笑。交警在他后面吹着哨，他眯起的眼睛在太阳照射下明亮得不得了。可那个时候，我的眼睛却是睁得大大的，半干的眼泪还挂在黑眼圈下方。我顿时悲哀地意识到，我大概是没办法讨厌木木腾了。这个想法一旦出现了，便再也没法熄灭了。

木木腾说，他从来没看到过一个小姑娘可以哭得这么难看。我知道他没有开玩笑，我知道的，因为我有一次看到过自己哭的样子，怎么说呢，别提了……我这才知道为什么这么久木木腾都没有喜欢上我，要是我哭得有那么一丁点梨花带雨的感觉，结果一定不会像现在这样……这个故事告诉我们：细节决定成败。

那是我第一次也是最后一次坐在木木腾的自行车后面，我连他衣角都不敢拉，只能在转弯的时候拉住车座底下的杠子。挂着两根鼻涕抽抽，头发被风吹得乱糟糟，我呆呆地冲着那被风吹起来的衬衣发愣，猥琐地闻了一下，是男生洗干净衣服的肥皂香。后来，我会在大街上大笑着抱住我的男孩，用手搂着他的腰，冷不妨大声地惊吓路人，男孩子们都非常无奈。可再也没有一次像坐在木木腾身后这样的感觉了。

实际上，我知道木木腾没我想象得这么差劲。他对文静可爱的女孩子还是会露出微笑，显得彬彬有礼，我不明白他是不是讨厌我。他每次不情愿地帮我，是不是出于对我的厌恶，想要尽快摆脱我？有的夜晚我会攥紧他的电话号码恨恨地想直到睡着，第二天早晨，那本夹电话号码的数学笔记本就会出现很多口水渍。我的脸皮这么薄，却死缠着木木腾教我，真不知道哪里来的勇气。为了避免冷场，我总是不停地说不停地说，直到木木腾放下铅笔盯着我看："你能不能安静一会儿？"我才悻悻地闭了嘴。最后我很不甘心地开玩笑："木木腾，你介不介意我去问别的男生数学啊？"

他当时的表情实在是高深莫测，我要是他一定早就内伤了。最后他口气淡淡地说："去吧，我不会吃醋的。"

那个时段年级里确实有几个男生跟我玩得很好，我们中午常常从后门溜出去吃烧烤。他们都很喜欢我，只是……若不是我变美了，他们还会对我这么好吗？每当想到这个问题，我就会觉得缺了点什么。

我喜欢其中一个叫"虱子"的。他家隔壁有人养了很多猫狗，他总是被虱子缠身，所以我们就都叫他虱子了。之所以我和他关系最好，是因为他最懂得我想要什么。在别人看来我愚蠢冲动的举动他都能理解。高中时期，大家都处在一个成熟和无知的分水岭上，大多数人也会开始想一些人生问题，但是他们都自以为理解了，或者理解很多。但是虱子会想，他什么地方做得不好，以后要如何做得更好，如何做得和别人不同。我很喜欢静静地听他说。我问虱子，如果有些事你觉得是对的，可是在别人看来并不讨好，你还要为此遭罪。这样的事,一次两次也就算了,还会一辈子做下去吗?

虱子把一罐啤酒踢走,过了很久才说:"挺难的吧。"

他又转过头说:"你这性格,真得改改,早晚吃大亏。"

突然想起来高一快结束那会儿我又展现了自己的冲头本色,为了帮别人出头,得罪了好多高年级的女生,以至于近乎一整个高中都徘徊在她们的阴影里。

没有什么电视剧里面的狗血桥段,也没有发生什么厕所间的泼水事故,也没有什么打架骂人。一切都是玩笑。她们跑过来在你旁边撞一下,另外一个大叫"她没戴胸罩",最后一个尖声笑着推搡你一下。整个走廊的人都能听到,有多少个班级的人探出脑袋来窃笑?你怎么反驳呢,而那个你之前帮过的女孩却躲在教室角落和其他人侃谈甚欢并且也对你指点着。为了这样的人,现在换你来遭受她们的攻击。你害怕被人说开不起玩笑,咬住嘴唇窘得不知道说什么。青春期的时候,最聪明的冷暴力莫过于此。

那些梦想中的事,每当别人来问,你以后想做什么,我都不敢说,我怕说了做不到,以后想起来,定是自己对自己的侮辱。那些身边和别人看法不同的事,我默然无言,心里想着,会有人和我有一样的是非观吗?

我没告诉虱子,如果时间倒流,我还是会这样做,我愿意做那样的人,不是因为这样使我感觉良好。我感觉很委屈,可是,可是我就是这样的人。我不忍心不那么做。

我依稀记得那天的结局是木木腾手里拿着一个烤玉米,走过我身边,又倒走回来,递给我:"吃吗?"看我没反应,他又加了句,"丰胸的。"

那个时候我又想哭又想笑,还是没骨气地接过了那根烤玉米,香得不得了。

我以后的很多第一次都与虱子有关,第一次去酒吧,第一次游泳(虱子说我戴泳帽像个外星人,头滴溜溜滚圆,就剩一对大眼珠子转来转去),第一次逃课(走廊里兜了一圈被抓回来了),直到有一天虱子转学了。我们这群人里只有虱子是没有手机的,他转学以后有了个小灵通,我用我的破手机在他面前晃了晃,假装纯情小女生:"学长,能不能问你要个电话?"他没揶揄我,犹豫着说了一串号码。后来我和卡车、浇头、快递对过,四个人记下的号码竟然都不一样。不知道他们后来打过没有,反正我没有打。我害怕他给我留了空号。我也想知道到底哪个号码才是真的,也许没有一个是真的吧,他是真的要去走自己的路了。

到现在为止,我都没有认真去想过,为什么木木腾总能阴魂不散地出现在我身边?我也不敢去想,我甚至不敢对自己承认我喜欢这个男孩。他那么以自我为中心,他对我那么不好。可是在他身边我就是非常安心,只要有他欺负我,就不会有别人欺负我了。

木木腾和别人是不一样的。尽管他自私自利,但是他每次都还是帮我;尽管他脾气不好,但是还是忍着耐心教我立体几何;尽管他有诸多不是,性格和我大相径庭,但是他却有一点和我一样,他是非常真实的人。他表现出来的,就是有着诸多不对的自己。在这之上最重要的是,当我不小心把最糟糕的每一面都暴露给他的时候,他依然能接受这样的我。我有一次戴着眼镜坐在图书馆里复习的时候被木木腾看到了,当时我万念俱灰。木木腾看到我就笑了,他还坐到我对面偷笑了好久,说:"还是戴眼镜好。"我抬头透过镜片看到木木腾的脸,他总是漫不经心,难得认真起来让我局促。我问:"为什么啊?"他想了想:"感觉这样比较真实吧。"

就是这样的人,半交集半平行的状态下一直朝前走着的小数点,在代数里面我多想在碰到你的时候得到一个中括号,却一直都是圆括号,那些数学试卷也一直固执地错着。自私又木讷的男孩子,在高考前的那个月里,给我划了无数重点题型,最后他似乎真的泄气了,憋着火气对我说:"你哪怕及格一次都不行? 我都在教什么啊。"

我虽然掉过无数次眼泪,却从来没有一次,有眼泪却不能掉。

后来我曾想过,如果我那次就这样哭一下,也许木木腾就会心软了。高考前的最后一个早晨,他从口袋里掏出一张照片:"给你做的幸运符……你,考好点。"那是我中考的学生证照片,高中入学登记的时候才有。上面的我龇着牙,还戴着红领巾,眼睛隐藏在一副镜框后面。她没有让我感到那么厌恶了。"实际上……"他漫不经心地把准考证塞进自己的口袋里,"有的时候挺羡慕你这个怪胎的。"我握着那张小照片,有千言万语想对木木腾说,却什么都说不出,转身走掉了。当年粗俗的四眼钢牙妹没有走,她只是偷偷地换了一个地方,还是在我的身体里。

直到大学,她还是没有走,只是潜伏得更深了。当我走到卫生间,却仿佛看到了那个戴着眼镜绑着牙套的小丫头。五年十年,回头看我也许会对自己说,真为你曾经做的一切骄傲。

而当时,他轻而易举地接受了我自己不愿接受的——我。

毕业以后木木腾去考了警校,我听到这个消息以后在路边买了个烘山芋坐下来一口一口咬,为大街上的人民感到了一股深切的悲哀。然后我想起来我小时候的理想就是当一名女警。这件事我没告诉过木木腾。

随着年纪增长,很多事都和小时候有了出入,在周围的熏陶下,也知道了为什么利益是重要的,也知道了很多很多想法无法和现实匹敌。不知道谁能够理解你。我心里的四眼妹也藏得越来越深,很多时候,我都不知道她在哪里。幼小的时候曾经有一群男孩经过我的桌子撞坏了我的眼镜,他们一致推选出一个替罪羊,那个男生家里好像很有钱的样子。他有点不知所措,最后还是跑到我身边来说:"对不起,能给我一下你的电话吗?我会把眼镜赔给你的,我……我想打电话给你爸爸妈妈道个歉。"我愣了半晌,下课的时候跑到老师办公室告诉她我是自己把眼镜摔坏的,为此我挨了好大一顿骂。

那是我第一次被人问电话。

而那个男孩子,后来还真的打来了。他还偷偷问我:"你能不能不戴眼镜啊,反正也坏了,你不戴眼镜很可爱噢。"

幼时你伸出的手,轻而易举就洗掉了心中的委屈。

毕业聚会的时候木木腾剃了个板寸,看起来像刚吃过牢饭,看到我一点不热情。两个人回去坐的公车是一样的,我故意走在他后面,想坐后面一辆,木木腾看穿了我,想要把我一脚踹上去,我赶紧上了车。车外的景致是我高中三年看了一遍又一遍,每天早上厌恶一遍又一遍,在这个时候它终于要休止了。我的右手臂在车厢的摇晃中时不时碰到木木腾的左手臂,感觉每一次碰撞都像被烫到。

"我报了外地的学校。"他打破了沉默,"不想被父母一直管着。也应该不会再回来了,毕业可能去外面发展。"

我不晓得该说什么,还是憋出一句:"你的意思是以后都见不大到了。"

"嗯。"

"那个……你电话多少,以……以后有机会我请你吃饭啊!"我突然转头,一个急刹车脑袋撞到木木腾的肩膀上,疼得我龇牙咧嘴。

我偷偷记了你电话三年,现在我要你亲口告诉我,我要你一个数字一个数字告诉我。

你会告诉我吗?

车子停下来了,他顺势站起来:"我到站了。"我看着他走下车,前面有个红灯,他没有走,而是在窗口看着我,他张张口对我说了什么,可是汽车的嘈杂声让我分辨不出。红灯转黄灯的时候他突然踮起脚摸了一下我的脑袋。绿灯亮了,我伸出头,看到木木腾在我后面跟着往前走,他没有跑,他就在后面一点一点消失了。

木木腾,最终还是没有告诉我他的电话号码。

女巫的名字是亚野

人人都爱白雪公主,我却偏偏爱上了那个巫婆。

莫晓生说,就算是白雪公主也有邪恶的时候,何况本身就不是公主的你。

【1】

蜜宝在冷色调的空气里听到自己汗水在聚集的声音。龙帮的三个男生把她堵在墙角里,拳头毫不客气地凑上她的头发、脸蛋以及骨骼。没有下狠手,可是男孩子的手毕竟是有劲的,砸在身上还是生疼生疼。蜜宝想了几种对打方式,都觉得自己肯定要吃亏,并且按照物理学中力的作用来看,这样不还手受的伤还可能轻一点。

几个人看角落里的小邪星不还手,也便没了趣味,最后以在她的脑袋上狠狠敲了一下以示教训告终。

女孩冷着脸看他们走下楼梯,揉了揉刚才被打的地方,感觉有些委屈。她从来都不怕跟人对着干,只是当对方这样欺负自己的时候,她得出一个结论:他们根本没把她当女生来看。对于一个小姑娘来说,没有什么比这更伤自尊的了。即使她再凶悍,再可恶。

她觉得身上酸痛不已,这个落魄的样子回去的话,势必要被班级里那些小混蛋嘲弄。她像是拖着自己一样慢慢往前走,最后潜进离斗殴现场最近的图书馆。

在此之前蜜宝从来没有进过这所学校的图书馆。在她看来,进图书馆的不是人生空虚闲着没事做，就是有恋书癖。蜜宝她爸跟她说，要多读书，书里有你想不到的故事。蜜宝在心里白眼乱翻，想不到的故事？我来表演给你看。书里的故事都 TM 放屁。结果最后一句话她不小心说出了口，她爸惊了两秒抡起胳膊就揍，从此以后她说粗话必须瞧准场合。

图书馆分为好几大块，她对人文类还是鬼文类一点也没兴趣，绕着柜子兜了一圈后在韩式图书区把《我的黑帮帅男友》里的"黑帮"两字自说自话改成"丐帮"以后，想着以后谁还会来借这本书，就筋疲力尽地坐在了地上。如果早上没有被这群高年级生揍的话，现在她应该在教室里揍别人或者睡觉。女孩半垂着眼，视线忽然在一排教工专区停下来。倒不是她对老师的图书特别在意，只是其中有一本书里夹杂着几张快要掉下来的手稿，蜜宝把它们抽了出来，那是一份好几页纸拼在一起的手稿，标题是《About J》。女孩闲来无事，把手稿拿到自己眼前。

　　一个女人的气场如果被定义为"巫婆"，不知道是荣幸还是不幸。

　　女孩到学校的那天，所有人都看到她有墨黑色的头发、黑色瞳孔以及全黑色裙子。她的裙子奔拉到膝盖处，露出一截白皙的小腿。而此后的一个星期，同学几乎没看过她穿除了黑色以外的任何颜色。于是他们管她叫"巫婆"。

　　巫婆的名字叫亚野，她也确实想要做一个巫婆。这个院校里充斥着各种身份的学生，比如飞行师、药剂师，或者是小间谍，但是没什么女孩子愿意成为一个巫婆。因为在这里，巫婆不但是最不讨男生喜欢的身份，也是最不受学生尊重的身份，但是她觉得待在教室的小角落里被隔离并没什么不好。

阳光在墙壁上停留的上午，她拿出那张纸来默读。

亚野：

我在菲力学院过得很好。我们每天早上有集体的苹果派早点，晚自习有各种表演节目，你可以在课间的时候在操场上闲逛，有很多高鼻大眼的美女。

我知道你在家里已经闷坏了，不过即使你来菲力也不一定能找得到我。我走的时候说过，如果你能成为一个巫婆，就可以见到我。我可不骗人，这是真的。老实说，我觉得一个女人能成为巫婆是很不错的一件事，因为目前我们学校还没有产生过一个小女巫。但在成为小女巫之前一定要学很多东西，要忍受孤独，要学会独立，这些都是你所欠缺的。

你寄来的照片我已经收到，笑得挺难看的，嗯，不过比以前照得好了。另外，我挺想你的，等你成了巫婆，就来见我吧。

爱你的J

日期是一个月前。

从认识J开始，亚野就只收到过这一封信，所以她没法像隔壁桌的米莎一样，天天从储物箱里拿出一沓一沓的情书，用作无聊时消遣的读物，她有80%的确定度觉得米莎一定是J所说的美女之一。而亚野只有可怜巴巴的这么一封，上面的字还特别难看。但是她还是喜欢拿出来看。看看也好。在这一个月里，她曾经在校园里用各种方式去打听过或者找过J，但如她预料，这个人像是在空气中蒸发了，她就算用力吸，也不一定能嗅出他的气味。

"嘿，亲爱的，周末晚上的舞会要记得来哦。"米莎敲了敲女孩的桌子，一双猫眼画过小烟熏，瞳孔妖冶，她用精致的五官看了看亚野，"记得不能穿黑衣服哦。"然后笑着走掉。

于是周末晚上的舞会，未成形的小女巫真的去了。她去的非常果断。连个舞伴都没有，更重要的是——

她穿着一身巫婆似的黑衣服。

【2】

蜜宝醒来的时候是在教职员工的办公室里，她躺在沙发上，身上有一条被子，手臂上的伤口被上了红药水。她突然想到什么，一摸口袋，发现那份手稿还在。她竟然微微有点高兴，也有点紧张。那份手稿是不是那本书里的，是谁写的，为什么只有一点点？自己看完J的手稿以后，就一直待在图书馆里，然后就睡着了？

"诶，醒了。"男生拿着水递到蜜宝手里。蜜宝皱起眉头打量他，她觉得这人有点面熟，个子很高，穿蓝色的T恤，眼睛很漂亮。

"莫老师……"身后有人叫他，把作业本堆到办公桌上。蜜宝瞪大眼睛，那个小个子的哥哥就是早上合伙揍她的一群人中的一个，他叫阿龙。他哥哥在学校混得很好，因为姓龙，所以拉帮结派起出来的名字也格外幼稚，竟然叫龙帮。蜜宝在暗地里经常管他们叫龙虾帮。这群人无恶不作,平时专找一些小流氓打架,一旦被他们盯上的目标,自然也就麻烦了。对于太过勇猛的蜜宝来说,单挑是热血的,群殴则是会吐血的。虽然阿龙早上没有参与揍她,但是蜜宝现在很想把他当成龙虾一样揍。

而另外一点则是……女孩猛地抬起头,他叫他什么来着,莫老师? 莫晓生?! 她盯着手里还拿着水想要递给她的男人,从沙发上弹起来,迅速逃离了办公室。

基于最人之常情的原理,每个班级的班主任最讨厌的就是蜜宝这样的学生,更不要说她还是个女生。蜜宝不是普通的坏,她可以想出无数的馊主意来整身边的人,不管有仇没仇,最多就是有仇大整,没仇小整。她在抽签的时候把仙人球放在抽签盒里,偷人家的苹果咬一口再放回去,甚至于在汽水瓶里灌尿这种事她都干得出来。除了恶作剧以外,女孩子还很会打架,而且不管男生女生都不手下留情,她不怕受伤,所以会下狠劲。她知道她是这个班级,或许是这个学校最让人讨厌的小姑娘。但是蜜宝对自己说,我宁愿被人憎恶也不要被人小看。

莫晓生第一天担任他们班主任的时候,就被蜜宝整到了。她倒不是多讨厌这个老师,只是对班主任一律没有好感。再加上那天她经过办公室的时候听到这个年轻的班主任一边看着成绩单一边说:"这个小姑娘的成绩怎么跟她身高一样吓人。"这彻底惹毛了这只小刺猬。当天莫晓生下班回家前上厕所的时候,竟然发现自己被反锁在厕间里,一桶不知道是什么玩意儿的水浇了自己一身。

忘了说,蜜宝已经超过 14 周岁了,她只有一米四。

人们在暗地里偷偷叫她:小巫婆。

除了蜜宝以外,几乎这个班级所有的小孩都挺喜欢莫晓生。特别是女生。

当然先不提莫晓生还算符合人类审美标准的脸(不过似乎没有符合蜜宝的审美标准),他上课的时候喜欢弄些稀奇古怪的玩意儿,并且讲起课来时常会天马行空。蜜宝就最讨厌他这一点,要是换一个老头子上课,她就可以想出很多恶搞的整人法把老头气走,但是莫晓生的课大家都很乖,他那双漂亮的眼睛来回扫射着底下的祖国花草,让蜜宝感觉自己遇到了一个强劲的对手。

比如莫晓生说,每个学生都有一个上天赋予的天赋,他希望大家能找到这个天赋。蜜宝嗤之以鼻,觉得这个男人非要从鸡蛋里头挑骨头。莫晓生还说了,坐在底下的同学,有的有很大的野心和梦想,而同时可能又觉得自己平凡且渺小。其实不是每一个人以后都能变得很有钱,很有成就或是怎么样,但是以为自己并不怎样的人,他们都没有发现,自己一定有一个与众不同的地方,是别人比不上的。你觉得自己没有天赋,不是上天没有赋予你,是你没有找到。上天负责赋予,你则负责努力。

最后莫晓生把目光转到眯着眼睛的蜜宝身上,说:“你觉得呢?”

全班寂静。蜜宝像只猫一样把眼睛眯得更深了,然后笑笑:“那假使我觉得我不止一个天赋,我该怎么办咧?”

莫晓生倒没想到她会这么说,稍微愣了愣,结果班级里的同学倒起劲了。

“诶哟,老师,她的天赋确实多……”

"是是,我提议可以让她去学表演系,就演那个什么,哦哦,巫婆。"

"演中世纪那种,被烧死的。哈哈哈。"最后笑得最大声的是阿龙。而就在他张开嘴笑了不到三声的时候,他就被从座位上跳起来的蜜宝直接恶狠狠地抽了一巴掌,手劲之大连莫晓生都吃惊不小,他费了好大劲才把蜜宝拉开,半当中还无辜受了一拳。他看着从他怀里挣脱跑出教室的蜜宝,摸摸自己脸上被打的地方说:"要是破相了,找不到老婆都怪这小霉娘。"

【3】

《About J》第二章节藏在第一章节的背面,这是蜜宝一开始没发现的。她泄愤乱揉着纸张才发现反面有字。

你自己认为的勇敢在别人眼里可能就是个笑话。

也许米莎的话没错,这样的庆祝会是不应该穿黑衣服的。但是亚野是女巫,并且现在,只有她的黑衣服才能体现她是一个女巫。新生庆祝会,J会出现的。

菲力前身是作为教堂改建的学校,所以大型的活动都会在尖顶的教堂顶楼进行,叫不出材质的玻璃窗在地板上投下千奇百怪的彩绘图案。

"嘿,同学,你是觉得特立独行好玩么?"一个男生穿过亚野面前的墙壁走到亚野身边,蹭了一下她的衣服,"联欢会不需要来搞破坏的女巫。"

"不是新生庆祝会么……"亚野小声问。

但是穿墙师没空来回答他，大家的目光已经投到了小女巫的身上，她脸色苍白，穿着不合时宜的黑衣服，极其突兀地立在那里。她抬起头，看到站在南面的米莎，她的洛丽塔长裙把她衬托得像一个公主，她对着自己笑，然后对飞行师耳语了两句。

带着黑框眼镜的沉默的飞行师朝她走过来，亚野有不好的预感，她朝后退了两步，眼光却紧紧游弋着。没有，没有，没有J。

她感到身体被人拖了起来，底下的人先是惊呼出声，然后都笑着叫起来，她发现自己被飞行师提到了窗户口，亚野的心脏收缩两下，她想要挣脱，但是飞行师的力气比她大。在众人的笑声中，她感到自己被提出了窗户，高空让她头脑晕眩，她噙着眼泪，却发现没人能救她。最后她感到自己的身体猛地往前倾了一下，然后在空中翻了两个跟斗，扑簌掉进了草丛里。

被扔出来了，亚野想。她干脆躺倒在草地上，周围是黑暗的茂密的树，似乎是教堂后面的丛林，天空也是灰暗的，云牵扯着云走着小慢步。她感到有些委屈，扔的真不是地方。小的时候她一直被J揍，他是蛮横不讲理的男孩子，但是他不允许别人欺负她，J说，我揍你和别人揍你是两个概念，你只能允许前者。那个时候亚野觉得他简直是强词夺理。后来J又说，我保护你和别人保护你是一样的。亚野便在心中鄙夷他：我只要前者。一年多前，他离开她。J说，遇到困难不可以只知道哭，男儿有泪不轻弹。亚野说，可我是女的。被J在头上狠狠抽了一下，你是女的么？她只好闭嘴。J接着说，要是别人揍你了你

144

就揍回去。于是亚野也往他的头上狠狠抽了一下。男生愣了几秒,然后和亚野打成一团。最后他摸摸女孩的头说,保重。

她抬头看着完全被禁闭的空间,不甘涨满了胸腔,我不会让你们小看。她必须找出出口,不然今晚就要在这里喂虫了。她在附近寻找容易折断的树枝,然后把它们捆绑在一起。她需要靠它们飞行出去,她焦急地在原地转了两圈,然后安静地坐在原地,她一定要飞出去。

第二天,第一个在教室看到亚野的是那个黑框男,他看到女孩的时候挑了挑眉,在位子上坐了下来。

"昨晚过得如何?"米莎做到位子上,她眼角有白色的眼影,一闪一闪。

亚野不说话,朝着米莎挑挑眉毛。她的树枝扫把被横放在桌子前,示意谁都别靠近。

第二节自习课,教授希望大家表演一下目前自己第二身份的能力。这是女孩第一次看到自己和别人的差距有多大。她看到坡坡用手在胸前放置了十秒钟,瞬间整个教室充满了各种颜色的气泡,这些气泡随着他的指挥变成各种形状。米莎找了一个男生,她盯着这个男生看了十几秒,那个男生便昏昏睡去,并且在梦境中说了一句,米莎我喜欢你。周围是同学们艳美的笑声。早餐制造师、变音师,或者是把自己变身成各种动物的人,亚野很想问问J,你为什么一定要我变成一个女巫呢?

又黑又丑又遭人嫌弃。

"亚野,轮到你了。"

下面传来嗤嗤的笑声，他们想看看这个小姑娘能干些什么，都等着看她的笑话。亚野一口气涌在胸腔里，她猛地用手拉住她旁边的米莎，把她一下子从位子上拎起来，连她自己都不晓得怎么会有这么大的力气。她拎起米莎坐上她的树枝飞行器，在原地摇摇晃晃了几秒后朝上空冲去，米莎惊叫出声来。大家在下面看着，极为害怕米莎就这样被天花板压成肉饼子。亚野载着她在教室里飞行了一圈以后，冲出了窗户，然后猛地把她从后座上踢了下去。所有人目瞪口呆地看着面无表情飞回来的亚野。

这件事的结局是，亚野被教授关到禁闭室里反省，并且勒令她一个礼拜不得使用飞行术。亚野在黑暗的禁闭室里抱住膝盖。J走的时候她眼泪鼻涕一大把，他说她真丑。J说，我会成为出色的男巫。J说，到时候我一定女友满堂啊哈哈哈。J说，我会来找你的，你要学乖点。亚野想着这些揉了揉眼角，她轻轻说，看，J，我做到了。

蜜宝揉了揉眼角。她轻轻说："我毕竟不是亚野呐。"她抬起头看见莫晓生站在自己面前。

【4】

"这是第三份手稿。"莫晓生拿着手里一张纸似笑非笑地看着蜜宝。

蜜宝睁大眼睛。

"你看着我做什么，你偷了我手稿，我还没瞪你呢。诶，我们做个交易如何？"他在蜜宝面前蹲下来。她是真的很娇小，眼神中却充满了警惕。"我给你第三份手稿，你乖乖回去上课，不许打架。"

女孩想了想决定还是得给个面子，她其实觉得要是不回去说不定这个男人就要揍她了。并且，她确实想得到第三份手稿。末了，她抬头看着他："我只保证我这节课不打架。"然后乖乖地跟在他屁股后面回了教室，没有人看出来刚才小女巫的伤心。

莫晓生说，为了惩罚蜜宝刚才出手打人，她要做第一个表现自己天赋的人。同学们吸了一口气。

在小刺猬暴走前，莫晓生把手放到她头上拍了拍："你给我们讲个故事吧。我觉得蜜宝的声音很好听。"

很小的时候曾经相信童话可以变成现实。后来慢慢长大发现童话比现实还要残酷。

小的时候还会被别人说娇小可爱，可就这样慢慢长成了骄横跋扈的样子。不会被人称赞好漂亮，不会被人称赞好懂事，更不会被人称赞身材好好。似乎很早以前，认可这件事情就从自己身上悄然飘走。瞧不起你们所有人，更瞧不起自己。很多时候，必须让自己变成最丑陋的样子，才能不害怕被人嘲笑，才能名正言顺地去干坏事。

年少的时候，我们的不懂事，很少有人能理解。即使是亲人，说着爱你，也不一定能够懂你。在长大之后，你再回头看看，才发现，当初支撑着自己往前走的信念，也许都是自己给自己编造出来的幻觉。于是这个时候，你可以说，当时我真的很勇敢，很棒。而蜜宝觉得,也许她长大后有一天回望过去,她会想说,莫晓生,你让蜜宝变得很勇敢,很棒。

蜜宝就在那天站在讲台上,她不去看台下五味交杂的眼神。她个子太矮,于是只露出讲台一个小脑袋,下面的人看了都想笑。蜜宝忍着没有发怒,她按着手稿慢慢地读,一开始有一点点颤音,然后她的声音像是高山里的泉水,一点点流到人们的心里,清亮、通透、不做作。她在这半个小时里不再是被人憎恶的小女巫,没有人骂她,嘲笑她,唾弃她。她的同学,她的敌人,都静静地听着这个故事。那天女孩从讲台上走下来的时候底下没有鼓掌,但是阿龙叫了一声:"蜜宝,我们什么时候能听下一回。"

蜜宝傲慢地仰起脑袋,看到莫晓生对她奸笑了一下。

阿龙说,他做梦也想不到蜜宝会有这么温柔的一面。原来蜜宝不生气的时候声音这么好听。原来蜜宝可以想出这么有趣的故事。

原来蜜宝也是很少女的!

他的最后一句话被蜜宝当做人身攻击,于是阿龙被狠狠抽了一下头。蜜宝说,我本来就是少女!

阿龙喃喃,发育不良的巫婆。他声音很小,所以蜜宝没有听见。

他们说,有点不相信这么乖的蜜宝。

他们说,有点小喜欢蜜宝讲故事的语调。

他们说,有点想象不到蜜宝的天赋。

蜜宝说,我也不晓得自己有什么天赋。也许欺负人才是我最大的天赋。

只是……蜜宝明白,那不是自己的故事。亚野,是莫晓生创造出来的小女巫。

蜜宝想问莫晓生讨手稿的时候发现孙琦在。于是她在门口没有进去。

"老师,我觉得那个手稿是她偷来的。蜜宝写不出这种故事,她连拼音都拼不清楚,怎么可能写故事呢。"

蜜宝握着拳头,想等这个该死的女班干部出来后把她的头按在马桶里看她以后再嚣张。但是她的拳头很快就松开,没错,她连中国字都写不好,编故事……太好笑了。

"你怎么觉得她是偷来的手稿呢?"莫晓生的声音。

"很简单,她有前科。"

蜜宝的头在门上狠狠撞了一下,她揉揉脑袋,看到办公室里的孙琦和莫晓生看着自己。孙琦有点紧张,往莫晓生身边靠了靠。

"哦? 既然当事人都在,你就说说她有什么前科吧。"

孙琦僵硬了一下,咬咬牙:"她……"

"我偷过邻居的钱。"蜜宝张嘴道,"我偷过同学的 MP3,我偷过孙琦贿赂王老师的礼品,我还想偷路上人的手机,但是我不敢。我还想把街上橱窗里所有好看衣服都偷来,不过没用,我只有一米四,穿不了。"

"我知道了。"莫晓生打断女生的话。

孙琦绿着脸走出办公室的一瞬间,蜜宝的眼眶微微一红。莫晓生朝她勾勾手指,她没动,于是他只能自己走过去。

"现在,我让你最后再偷一样东西。"他把第三份手稿交到她手上,"就是这个故事的手稿,偷完之后,你的小偷生涯就结束了。"他想了想说,"这是我们的秘密,好不好?"

"好。"女孩点点头,"莫晓生,我是不是你看到过最无可救药的学生?"

"你敢叫我莫老师么?"他弹了一下女孩的额头,"你确实很坏。不过,就算是白雪公主也有不为人知的邪恶的时候,何况本来就不是公主的你。当你本身就没把自己看得太高的时候,坏一点无伤大雅。谁小的时候没坏过。程度浅就是天使,程度深就是巫婆。"

蜜宝闭着小嘴,她想问,莫晓生,莫晓生,我能成为一个被人喜欢的巫婆吗?

星期三的时候,蜜宝在晨会课给大家讲《About J》的第三章。

女孩的树枝扫把横放在课桌前,她前额的头发有点乱蓬蓬的,桌子上的实验试剂爆炸出红色的气泡团子。亚野感到索然无味,她在想J在这个时候会不会去寻求别人的帮助呢? 然后她摇摇头,J一定会自己摆平,或者说,这个教室里的随便一个人,都会愿意帮助他。

她并非没有从他们的口中听到J这个名字。

在这些抵触她的学生里,没有一个人说过J的不是。他们提到J的时候脸上有小心翼翼的神色,还有一种说不出的感觉,并且在他们的眼神里,亚野明白那是一种淡淡的钦慕的神情。她之所以会明白那种眼神,是因为她自己也有过。他们对他在哪绝口不提,但是她没有理由地相信,J在这所学校,并且,他一定会信守诺言。

　　亚野坐在树枝上,望了望乱作一团并且不会理睬她的同学们,从后窗户悄悄飞出去。她在上空盘旋了一阵以后朝下面飞,她已经掌握了低空盘旋的本领。在空中能够完整地把这个学校的一切尽收眼底,在她看来,一排工整的教学楼中间的第二身份集训楼就像森林里突然冒出来的一棵巨大食人花一样奇怪。她忍不住多看了几眼,瞥到天台上有人,似乎还有火光,她好奇地瞄了几眼,才看清楚是个男人在那里,他身上的衣服被火烧得不成样子,脸上也黑漆漆的,看样子是得罪了火焰师,要不然就是引火自焚没成功。她再瞄了几眼发现这人很眼熟,是那次把她从窗户扔出去的人。她撇了撇嘴,准备离开,绕着楼顶飞了一圈却又飞了回来,停在他面前。

　　飞行师显然还没有认出她,面无表情地盯着她看。亚野径自拉过对方的手:"诶呀,烧得不轻啊。活该。"她两只眼珠骨碌碌乱转,飞行师眯起眼睛有点生气,他估计是想起她是谁了。"让我想想……火焰伤可以怎么治。"她之前看过很多女巫学习方面的书籍,可惜只有理论没有实践。她把手搭在飞行师烧伤的手臂上,飞行师犹豫了一下没有缩回来,随后猛地叫出声来。

　　"诶呀,你别叫,不要影响我酝酿!"亚野朝着那个伤口周围画了两个圈,把手放在圈上,差不多过了十几秒,飞行师觉得手臂像火一样燃烧起来,不过这只是感觉,待炙热感消退后,他的伤口慢慢地愈合了,上面留着一个小小的疤。

　　"成功了。"亚野贼兮兮地笑起来,眼睛弯成新月。她瞅着飞行师，"你以后不要把人乱扔，不然再被人烧了，我不管了。"她从地上站起来，理了理自己的黑裙子。

"那你帮我做什么？"

"我只是练习治疗术。拿你做实验，恰巧成功罢了。"女孩吹了吹口哨，她的皮肤被黑裙子衬得晶莹剔透。

"恭喜你，还剩下两个本领。"

"诶？哪两个？"

"身形转换和对话亡灵。"飞行师从地上站起来，"如果你都能掌握，你就可以变成女巫了。为了报答你帮我……"他挠挠头，似乎有点不情愿，"月末的舞会我做你的舞伴吧，万圣夜都没有舞伴，太寒酸了。"

"我不去。"

飞行师瞥了她几眼。看见亚野转过身去想要走，但是没走几步又转过头来，神态像不知道在打什么歪主意，然后她叫道："好吧，我答应你了。允许你做我舞伴。"飞行师翻了下白眼，从天台跳了下去，在空中转了两圈后不见了踪影。

那天晚上亚野收到了一封信。署名是J，这是她来到学校后他给她的第一封信，她激动得把纸头都揉皱了，等到平静下来的时候她趴在桌子上睡着了，口水很不雅地跑到信纸上，要是让J知道了估计要黑脸。

亚野：

嘿，在学校过得不错吧。

别跟我喊委屈，我相信就算全世界与你作对也会被你打败,当然我这不是在夸你,你自己理解去吧……

不要特意来找我,我在你看不到的地方,他们说不太喜欢你,但是没什么关系,你又不是钞票,又不是美女,哪会人人都喜欢,我很能理解同学们的心情。不过总的来说,小女巫你很努力。你要明白苦不是白吃的,总有一天你会变成别人想象不到的样子。我不在你身边,所以你要靠自己。

我等你变成小女巫。

PS:你们班的米莎真漂亮,什么时候介绍给我吧。

爱你的J

【6】

蜜宝夹起莫晓生餐盘里的鱼丸,嘴巴被鱼丸塞得像一个鼓起的球,还在那里张张合合:"莫晓生,你什么时候给我第四章内容,真的是你写的么? 不……(吞咽声)不会是你抄来的吧,嗯?"

莫晓生忍无可忍:"要么把你嘴里的东西吐出来,要么吃下去,我给你三秒。"

蜜宝自然舍不得吐了,咕噜咕噜把丸子吞下去,神情煞是无辜。然后盯着莫晓生看了几秒:"我要是能变成亚野,多好。"

"你要是现实点,多好。"莫晓生毫不客气地把自己的餐盘抢过来,她再吃下去就要把自己的鱼丸全挑光了。

"不过我没亚野那么善良……如果我遇到那个飞行员,也许我会再放一把火……"蜜宝邪恶地眯起眼睛。莫晓生感到一股寒气从自己的背后升腾起来,然后忍不住笑出声来,他拍了拍女孩的额头,

"没人规定不能有坏女巫,蜜宝,你是个小魔鬼。"

　　阿龙在调换位子后坐到了蜜宝的后座,他对莫晓生说,他作为班干部,要时刻监督班级里的恐怖分子,莫晓生虽然有点担心阿龙的安全,还是满足了他的一片赤胆忠心。有时蜜宝上课的时候,他会突然在后座叫:"喂,你的头发变长了诶! 好像稻草哦!"或者是"啊呀,我发现原来蜜宝有胸!"之类的,蜜宝不晓得自己的性格为什么渐渐收敛了起来,她心里很想去抽阿龙,但每次阿龙都在莫晓生的课上捉弄她,以至于她每次想发作,一看到莫晓生皮笑肉不笑的表情,就不自觉低了气焰。阿龙总说"我的皮肤好白啊……",并且发出一种啧啧的赞叹声。蜜宝在前面白眼乱翻,她终于忍不住转过头去,直视他:"阿龙,你可知道你的皮肤为什么这么白么?"

　　"为什么呀?"

　　"因为……"蜜宝看了看一脸好奇等待她回答的阿龙,用一只手做动作,"因为这片区域的黑暗力量,都集中到了我的身上……所以你才会这么白。"她用低沉的声音说完后,用手按在自己胸口,眯了眯眼睛。

　　当时的情景是,女孩周围的一圈人都石化了,她的头顶传来了一声轻笑,她抬头一看,是莫晓生,他噙着笑看自己:"这倒是的,怪不得你这么黑。"

　　那天回家的时候,阿龙突然叫住蜜宝,夕阳的金黄色身体从窗户的一个小缝隙偷偷地爬进来,挪到女孩的头顶上,把她圆圆的脑袋照出了一层光圈。蜜宝的脸也被照得暖融融的。阿龙发现,她不翻白眼不斜视的时候还是挺正常一小姑娘,她还是这么矮,小小的,坏坏的,她的双眼皮和她的嘴唇非常漂亮。这是他们都讨厌的巫婆,这是他们都不放在眼里的小魔鬼。当她把那些故事读出来的时候,所有人的目光却都集中在她身上,她是有魔力的人。

"其实,你也没那么讨厌。"他说完,就朝蜜宝招招手,转身跑了。

当时莫晓生在走廊窗口倚着身子,看到那两个小孩,突然觉得夕阳像是爬进了自己胸口。那种感觉,他没有想到,女孩会在这个时候跟他提出离开,并且她的原因是,和同学相处不和。

【7】

女孩坐在教室里。她做尽了坏事的这一年,就这么过去了。现在,她终于要去其他地方作恶了。她把桌肚里的东西收拾好以后,翻开从莫晓生手里抢过来的又一份手稿。他早就写好了,只是一直吊着她的胃口。她记得昨天下楼的时候听到有女生说:"其实蜜宝挺好玩的,我是说她的故事。""她本身也挺好玩儿的,如果她下次不把虫子放在我头发上的话。"

那一刻,她终于明白了自己一直使坏的初衷,是不愿被忽视,到头来她发现,她原来从未被忽视过。

昨天莫晓生骂她是胆小鬼,是的,她可以不走的。即使因为犯了太多过错让她的父亲不得不转走她,但她可以要求留下来的。但是她没有。

骄傲的灵魂下总有颗卑微的心,当她明白自己有多么不堪时,她就不愿意再让自己留在这个曾经肆意横行的地方了。即使这里有莫晓生,有阿龙,有人愿意听她讲故事。原谅她矛盾的心情,她没办法形容,但是就是那样,青春期的劣迹斑斑,在原地是不能修补的。

而她早就知道有一天要离开的,只是没想到这时候她会是这样的状态。

是应该感谢莫晓生呢,还是应该讨厌莫晓生呢?

她歪着脑袋,翻开他的手稿。

老实说,亚野其实很想问问米莎,美女可不可以后天培养一下?

她在心里暗暗鄙视了。米莎意识到小女巫在看她,她转过头去笑嘻嘻地说:"准备得怎么样了?"

"什么怎么样?"她没好气地瞪她,这个小妖精又想怎么整自己。

"女巫资格考啊。"米莎用手揉揉褐色的鬈发,嘴角弯起一个恰到好处的微笑,"万圣节,如果考不出来,就要等到下一年了,我觉得你很勉强啊,实话实说。"她走到亚野旁边,"听说你找到舞伴了? 不容易啊。"她拍拍亚野肩膀,迈开长腿径直走出教室。

亚野对着教室门口米莎消失的背影吐了吐舌头。

万圣节的时候,教堂顶部已经被装饰得不能呼吸,整个空间似乎融合了黄昏的颜色,夕阳的颜色,晨光的颜色,统统揉聚到一起,把阴影深深浅浅地镶嵌在玻璃上,奇美的盛宴在空气间爆炸开来,连一呼一吸都是喧闹和热烈的。小孩子在学校里四处走动,对他们大叫着"Trick or treat",学校里的人恨不得把整片夜空的星星摘下来挂在贼笑着的南瓜头上。抱着吉他的僵尸或者是红舌头的鬼妇，走路一跳一跳的中国娃娃抑或是你没看到过的红色兔子，在学校里奔来走去。亚野觉得自己似乎没什么必要装扮，不过她觉得万圣节终究还是不要太委屈了自己，省得了到时候说她寒酸。她为自己购置了一顶大红色的女巫帽子，帽檐是黑色的。

米莎看到亚野的时候感叹了一句："我终于知道你为什么选这个职业了……真省力。"

亚野四处找着飞行师的踪影，她连他的名字都不知道，也不晓得去哪里找他，只好骑着扫把在空中乱飞，她看到底下汇集的五光十色的人流，她想，这是我所在的世界么。突然她的树枝被人撞了一下，有个陌生的小飞行员从后面冒出脑袋来："嘿，你是女巫么？"

"嗯……哦不，还不是……"

"比利发烧了，不能做你的舞伴了，我是来通报的。再见了女巫小姐，祝你好运。"小男孩幸灾乐祸地朝亚野做了个鬼脸就"嗖"地飞了下去。亚野愣在半空，突然感觉有点冷。她想起米莎的话"若是没有舞伴，万圣节便不得进入教堂"，她不晓得这时候应该生气、恼怒，还是应该悲哀。她从半空中往下冲，等她飞到教堂门口的时候，舞会已经开始了。她不晓得是不是被要了，她只知道，如果进不去，她就没办法完成女巫资格考，也许就见不到了了。教堂大门马上就要关闭了，亚野感到一颗心就像从半空中坠下一样，"我不能差这一年，我等不了这么久。"她人晃了晃，一屁股坐在一个南瓜身上，"我已经尽最大的努力了，我没办法继续了。"她摘下帽子,觉得那是盛她眼泪的好容器。

"小姐。"

"……"

"小姐,把你的屁股移走好么?"

亚野抬起头,惊慌地转着脑袋。

"我在你下面……"

她"嗖"地弹跳起来,看到屁股下面的南瓜动了动,原地滚
了两圈后,从里面钻出个脑袋,那个脑袋上面也套了个南瓜头,
丑啦吧唧的,亚野皱了皱眉头。

"你眉头皱什么皱,皱什么皱,嗯? 我还没嫌弃你的屁股
呢,你倒嫌弃我的脸了,嗯?"

"……我没嫌弃……"亚野小声地争辩了一句,好奇地盯着
这只胖南瓜。

"别看我,你个丑八怪。"南瓜走了两步,被什么绊了一跤,
又继续往前走。

"你骂谁丑八怪……"亚野往前走了一步就跨到南瓜前面,
她指了指他的额头,"你还敢说我丑,你才丑八怪,你丑王你,你
当心你烂在这南瓜里,你也变成南瓜……"

南瓜莫名其妙被当做泄愤工具,他张张嘴又不晓得反驳什
么:"小姐,你别这样,我要去教堂……再说了,我本来就是个南
瓜……"

"教堂?"亚野瞅着他,"就你这样人家也能放你进去?"她突
然凑到他面前,阴险地笑:"我让你做我的舞伴怎么样,胖瓜?"

那只胖瓜在进入教堂以后都没来得及和亚野小姐跳一支探戈就被魔鬼们团团围住了，学生们满脸通红地想要上去拥抱他。亚野被挤到角落里，呆呆地看着胖瓜，不晓得说什么好。

"南瓜先生是另一个世界来的，一年只来一次，所以特别受欢迎。"米莎在后面给女孩解疑。

"他们为什么那么喜欢他？"

"因为他是和亡灵通话的唯一渠道。"米莎看向哄闹的教堂中央，"只要是我们想要传递给另外一个世界的人的话，南瓜先生都可以帮我们转达。而你的任务是，帮助南瓜先生离开。"

亚野抬起头。

"每年被派来的南瓜先生都会有伤残，因为学生们太多了，南瓜先生应付不过来，并且如果12点之前他不回去，那他就得在下一个万圣节才能回去，那样不但大家想要传达的话传递不过去，就连南瓜自己也会腐烂。所以……"米莎瞥了一眼亚野，"你得把他安安全全地送回去。这是女巫的工作。"

"可是……我怎么做?!"

"这是你的事。"

等女孩再转过头，米莎已经不见了。她犹豫了一下慢慢地从人群里挤到南瓜先生身边，在一个男孩开始向南瓜先生传话的时候，她突然一把抱起南瓜，飞也似地跑走，周围的人愣了两秒，都追了上去。亚野乘上树枝，从窗口飞下去，南瓜差点吓得小便失禁。他骂骂咧咧："你把我抓出来干什么！"

"马上就要12点了！我要把你送回去。"亚野刚说完这句话，身后突然有火光烧到她的衣服，只有一点点，不过她马上看到,火焰师,天气操控师,他们扮成的魔鬼或者天使都凶狠地朝自己过来,女孩知道,自己会在两分钟内被击落。突然有人拉住她的袖子,她转头一看,飞行师拉着她直接冲向地面,身后的火焰落空了。

"你不是发烧了么?"

"烧退了。"飞行师面不改色心不跳,"你还是管好你自己吧。"他带着亚野从空中岔道走,后面传来惊心动魄的毁坏声,亚野小小声地问飞行师:"我说……我们会不会被浸猪笼?"

她这句话刚说完,飞行师突然往前一栽,两个人夹着南瓜先生,一起摔到了地面上,后面的人群很快涌了上来。

"停!"

"你活腻了。"有人上去敲了敲亚野的脑袋,女孩疼得眼泪都差点被敲出来。

众人在后面抗议着,他们抓住南瓜,不让他再逃走,他们所有人都有话要告诉南瓜,而现在离12点只有十分钟。亚野束手无策,她的右手碰到自己的帽檐,突然心念回转,她急急地叫了一声:"我有办法让你们的话都传给南瓜先生!"

四周先肃然安静了两秒,然后骂骂咧咧的声音响起,亚野把自己的帽子拿下来:"把自己想要说的话写在纸上,丢到我的帽子里,我就能知道你们想说什么,我把你们的话都传给南瓜先生。"

"我不相信!"穿墙师喊了一句,后面的人群跟着开始抗议。亚野这时候却感到帽子动了动,有个小男孩把纸条丢了进去。

她把手放在帽子上，闭上眼睛沉思了两秒："亲爱的奶奶：我很想念你。你在对面的世界好不好？我妈妈说，你在那边就不用担心我做坏事，不用老是惦记我要吃什么，不用老是追着我做作业，一定轻松很多。奶奶对不起，奶奶我爱你。"

她抬起头，看到人群都慢慢安静下来。她把帽子翻开给他们看，那张纸条消失了。她把纸条转成了心念。她有能力做到。

几秒钟后，人群开始慢慢后退，他们扯下自己的纸，或者是撕下自己的衣服，用记号笔在上面划来划去，然后丢进女孩的帽子里，没多久，她的帽子都装满了。她闭上眼睛，人们看到帽子开始轻轻地晃动，溢出的纸条慢慢地沉下去，最后消失不见。亚野睁开眼睛，把帽子戴在南瓜先生的头上："现在，他们想要说的话都在里面，你要帮大家转达哦。"

"小女巫，你很聪明。"南瓜把帽子戴戴好，拿出一封信，"这是丁让我给你的。"

她惊喜："我通过考试了吗，我可以见到他了吗？"

"嗯，可以。"南瓜挑了挑眉毛，难看地笑起来，"送我回去吧，小女巫。"

亚野轻轻地拥抱了他一下，然后骑上自己的树枝，他们顺着风向一直来到教堂的楼顶上，风大得几乎要把帽子吹走，南瓜站在教堂的头顶上，突然凑上去亲了一下亚野："Byebye，我们明年见。"等女孩睁开眼睛，他不见了，教堂的分针转到了"12"上。

关于女巫的故事,蜜宝就给同学们讲到这里。

她在离开前来到教室,所有人安静地听她讲话,他们都知道她要走了。有人窃喜,有人难过,有人好奇,有人没感觉。但是不管怎样,阿龙前面那个位子,都会有一个新的人代替,并且,那个人再也不会在莫晓生的课上捣乱,也不会说,因为全世界的黑暗力量都被我吸收了……

有人问她,那最后亚野到底有没有见到 J 呢? 蜜宝摇摇头,她说,也许吧,每个人心里自有答案。她的故事已经讲完了。

蜜宝走的那天立在办公室门口,她用手机上了 MSN,问莫晓生:"你是 J 吗?"

莫晓生说:"如果可能的话,我应该会是那个飞行员。"

蜜宝再问:"现实世界里真的有魔法么? 我总觉得他们确实存在过。"

莫晓生说:"也许吧,每个人心里自有答案。"

蜜宝看到这里,从门缝里望了望,看到莫晓生背对着自己伸出那只没有按手机的手,对自己挥了挥。她忽然感到鼻子有点酸,看了那只说再见的手一眼,转过身合上手机。

最后的结局蜜宝是在上飞机的时候看的,莫晓生把那份一直不肯给她的手稿寄到了她家里。飞机开始离地的时候,她把手稿拿出来看。

女孩打开 J 的信。

亚野：

在你收到的信里，有的并不是我写给你的。只是这一封，请你相信是我。

你一直就是孤单又软弱的小姑娘，你有你的世界，你的世界有我。我一直在想，倘若有一天我离开了你的世界，你该如何一个人面对这个世界？知道为什么要让你做一个女巫吗？正因为是最低下又不被人看好的职业，你才能从中知道生活有多困难。而在这些逆境中，一个真正的女巫必须学会独立、坚韧、勇敢、骄傲。她还要学会在适当的时候善良，在适当的时候狡诈。

很抱歉我似乎一直没有对你太好，但我比谁都希望你变得好。我希望你不再是一个小姑娘，而要有责任有担当，当你像一个男子汉一样去生活的时候，我才会放心。

我告诉你这些是因为我无法亲自来告诉你。我不来见你是因为我无法见你。早在一年前，我就在一次火灾中离开了。很多人说我不值得，为了救一个陌生人死掉，但是，活着的时候，总是会有一些意想不到的事情的。我曾答应你今年会回家，因为无法履行诺言，所以我决定让你来到我的世界，告诉你这个真相。我没有成为一个男巫，看，我没你厉害。我的同学跟我非常好，我告诉他们，当你来的时候，要故意找你麻烦，要故意让你为难。真是过意不去，就算死了还要欺负你，但亲爱的我相信你能变成我期待的样子。

还有，我没有说谎，我是真的来见你了。虽然模样丑了点。

毋挂念我。我过得很好。

一直爱你的J

她低下头来失声痛哭，那封信飘落在空中，消失在了茫茫夜色里。

后来这封信还是回到了亚野的手里，是飞行师偷偷找回来给她的，那时候他正带着她在学校的上空追随一只燕子。亚野问米莎，有一封信是不是你写的呀？米莎笑嘻嘻地说，对呀对呀，我模仿得像吗？J就是这么吊儿郎当，小瘪子。亚野撇撇嘴，怪不得信里说要追你，我想J怎么这么没品位。米莎打了亚野一下，她虽然是笑着的，但是眼眶微微有点红。这一刻亚野明白，J并不只是她心中无法磨灭的存在。她，他，他们都记得他。

她闭上眼睛，想象J曾经在这里的生活。闭着眼睛，甚至可以感受他当时在这里的呼吸，他哈哈大笑的样子，他板着脸生气的样子，他和人打架的样子，他调戏美女的样子。虽然，她不知道要过多久才能再见到他。但是他曾经存在于这里的空气中。

他曾存在过，这样就好。

亚野拍拍飞行师的肩膀："喂，下面这些人是干什么的？"

"哦，新生。"

亚野低下头，看到一群人笑嘻嘻地走进来，他们看到在天空中飞的自己，在用手指指点点。

飞行师说,他们一定想知道,这个学校的第一个小女巫叫什么名字。

女孩拍了下他的脑袋,让他好好飞行,然后轻声对自己说:"亚野。我是亚野。"

这个时候,不知道为什么她忽然想起某个人的话:"我们明年见。"

嗯,明年见。她张开嘴吸进风。

【9】

我会到很遥远的地方。我会慢慢被人淡忘。

我也许会长成乖巧又讨人喜欢的模样。

我也许会变成任性又让人头疼的模样。

但其实我很想说,要是能变成一个女巫,什么样都好。

蜜宝离开前在给莫晓生的邮箱留言里这样说。

她闭上眼睛,静静地感受飞机带来的地心引力。感到眼眶有点湿润,因为她想到了莫晓生给她的回复,心室里悄悄流过柔软而洁白的心绪,就像窗外云层里照射进来的日光,懒洋洋地在自己的胸口上打瞌睡。

他说,你曾经存在过,就好。

嗯。她睁开眼睛,咕噜咕噜喝下一杯太阳味道的苹果汁。

失焦

德罗克听到由远及近的高昂乐声,轮子和铁轨的喘息变得缓慢而有节奏起来。他拨过死气沉沉的人群跟跄下车,各色的人密布在站台外。在昏暗的车厢里待得太久,一时间视网膜上冲进几个眩点。

有人接过他的包,叮嘱了他几句,他跟着人群走。广场里侧围了两圈篱笆,一群人在那里锄草,鸢尾花和虞美人凑在一起,在乐声的掩护下私语。

人群被分成两排,妇孺被请到一边,男人被分到另一排。年老和年少的先去休息。德罗克跟几个男人一起走进屋里。这个小屋子至少容纳了二十个人,扬起的灰快要把鼻孔都堵住了。他整理自己的床铺,翻眼看旁边的人,没人跟他搭腔。直到晚上开始举行欢迎仪式,一排人站在旁边看节目。维守秩序的军官坐在台下,凑近着说话,眼睛不时往台上扫几眼。

他看到她从幕布后出来,穿着一条民族式的长裙。他被她刚硬的舞步吸引了注意。

"弗朗明戈?"他又觉得不像。

"谁知道!"旁边有人看了他一眼,"跳得好看就行。"

过了一会儿他看到她跳完了,从幕后退出来,坐在人堆里。当晚最后一个节目表演完之后,人群开始各自匹配着跳舞。有人找她,她就起身和别人一起跳。他们的脸在火光下忽明忽暗,咧着嘴笑。他注意到没有人的眼角有褶子。他等着她跳完了,从侧面迎上去。近着看她的眉毛像海鸥一样显眼。他顺势拉住她的右臂,用手环住她的腰。"海鸥"的翅膀动了动,她的眼珠往上一翻盯着他:"新来的?"

"我听说这里是一片乐土。"他回旋过一个身位,"现在才知道缘由。"

她的"海鸥"又动了动,左臂接替右臂,把腰腾了出来,"那你得快快享乐,好事多磨。"

他的脚步踩得比她更殷实,周围传来细微的口哨声。他伸出拇指迅速抚了一下"海鸥"的右翼,有人从中间把他隔开。军官看了德罗克一眼,姑娘的左臂换了人接握。她勾起嘴角,朝德德罗克扬扬眉,跟着军官移步了。

他回到屋内,男人们三三两两地躺在床上,有一些在赌牌,有一些用手枕着脑袋像是睡熟了。不管是单身的,还是做父亲的都在这里。

他再看到她是第二天中午,她在给人盛汤。她的手臂十分结实,速度也快。他干了一下午的活,想去后山上溜达溜达,但是铁篱笆围了好几圈。几个军官拿了枪在那边闲侃,他在他们注意到他前蹀回来。晚上回屋的时候他发现右边铺子的人不见了。那人今天早上干活就不大利索,被训得满地滚。听说得了恶疾,被送去治疗了。男人们三三两两地躺着,赌牌的赌牌,说话的说话。他走到屋外,看到一个军官拿着两件衣服走过去,衣服上镶了几颗宝石,他们试图把它弄下来。他记得有个女人跟他坐一辆火车,就是穿这件衣服。因为她十分有钱,车厢里条件差,所以她一路碎语不止。

他走到人堆里,听到有人在说今天搜到有个缝纫女工在胸罩里塞了两枚银币。他看到她也在人群里,捧着碗汤在喝。他走到她旁边,"你不觉得这里有点奇怪吗?"

她把汤放下,"这里可是人间乐土,你自己说的。"

"我没来的时候听外界说这里不错。我还看过一个电影,专门拍摄这里的生活。"

"远离纷扰远离硝烟,这里的人都觉得挺安乐。"她把汤喝完了,起身要走。突然远处传来一阵枪声。广播里传来集合的训令。

所有的人从屋里屋外走到广场上,有个人被绑着站在军官旁边。几个军官清点人数,清点完以后其中一个朗声道:"这个人,半夜修枝剪叶,把篱笆给弄坏了。我们对预谋逃离这里的人,一概格杀勿论。每个地方都有法律,这就是这里的法律。"

德罗克站在姑娘身后,凑近她的耳朵:"这是哪一国的法律?"

她没有理他。下一秒他感觉领子被人拉着揪出来:"你,你来执行。"

军官递给他一把枪,他知道背后还有枪指着他,以防他乱开枪。他认出这军官是上次抢了他舞伴的人。他看了那个被绑住的囚犯一眼,那人的眼睛像白眼珠和黑眼珠融化在了一起。他举起枪,"砰"的一声把他结果了。军官走上来,"再给他补一枪。"

德罗克想也没想走上去朝死人的太阳穴又开了一枪。枪管冒出几缕烟,他的枪被拿掉,"你可以下去了。"

他走到人群里,没人说话。他动作太过果断。有人朝他看看,有人看着死人。她看到他看向她,"海鸥"扬足了翅:"我没乱说,安分点就不会有事。"

他回到屋内,男人们三三两两地躺着,赌博赢了的人面露喜色,说话累了的人就睡下了。他翻了个身,上铺有人说话了:"快睡吧明天还要干活呢。"

"你也想逃吧?"他轻声回。

"说什么傻话,我老婆孩子还在这里。"

"你多久没见到她们了?"

"在这里不记日子,快睡吧。"

音乐声比平时放得更响亮些,前些日子连屋门口都种上了月季。

"该有人来视察了。"

他跟着人流排好队做锻炼,一群士兵拥着长官在广场上巡视。秋日的阳光晒得空气都金灿灿。中午饭比平时吃得更丰盛,长官亲和地下来问几句。人们咧开嘴回应着。晚上一群新人在表演节目,他看得索然无味,在台下突然扯起嗓子:"雪绒花,雪绒花,要永远保佑我的国家……"有军官站起身,看了一眼长官的脸色又坐下去。

"年轻人是该朝气勃勃。"

晚会结束后人群拥着离开。他走到她身边,她的"海鸥"总是比别人看起来更有生气。

"难道你不想离开这里?"

"大家都在这里,我不想走,也不可能走。"

"表现好的人都可以回去了。"有人接话,"他们把一些人送走了。"

"送到哪里去? 孩子都到哪里去了?"

"这不是需要你关心的问题。"

"这里的人都麻木了。"他凑到她耳边,"外界以为这里安乐平和,他们看不到里面真实的样子,你不想要自由吗?"

"我还不想死。"她盯着他从齿缝里憋出几个字。

"一定还有很多人想要自由。"他低声说,"你的朋友们,一定会有办法的。"

他只有吃饭的时间能看到他们,那几个男人眼角旁还有褶子的变化,她也在里面,他走到他们中间:"我有个想法,夜间灯光暗,在左营仓库制造火灾,从右营仓库把篱笆剪断。那边有一条水路,水路旁都是树,夜晚森林里很难找到人。"

几个人互相看了看,其中一个人朝他笑了,"我们不想尸体被人补一枪。"

她把碗一扣,"疯了么?"

"只要你们相信我,我就有办法做。"他压低声音,"难道你们忘了进来之前是什么样子,难道你们不想要自由吗?"

"我们在这里很自由。"她双手叉腰。他们中间有一个人一直咳嗽,他看了那人一眼,觉得那人是得了肺炎。

"困在这里跟死人有什么区别?"

午饭时间结束了,她要走了,他快速拉她的手,"跟我一起离开这里。"

他们再看到他的时候,他鼻青脸肿地来了。他们看到他被几个军官拉到一边说话去。这个地方的人们很早就记住了他。他把一份小型地图塞给他们。

他们盯着他,他也盯着他们,德罗克笑了,"他们早就看我不顺

173

眼了。"

他把地图塞给她，"我四处都看过，每个地点都标示出来了。"

"我们不能走。"她走到她的朋友群中。

"下个月又有一批人可以回家了，说不定可以轮到我们。"

"回家？回哪个家？好死胜于赖活。"他盯着他们，"还有，你，再咳嗽下去，你们就跟着一块回家。"

他把地图塞在她手里，"走吧，跟我一起，我有能力带你们一起走。想想外面的世界。如果你们不走，我也会自己一个人走。"他说完用手指抚了一下她"海鸥"的右翼，像跳舞的时候那样。

她看着他走远，回过头问她的同伴："你们有多少人跟我一起走？"

星期日的深夜，他让修鞋的人在右营房外埋了些许钉子。逃亡的人中，几个厨房的泼了油，大火迅速在左营蔓延开来，漫天的火光冲出来。一伙人跑到右营房，他们冲到营房后头，两个士兵见到就朝他们跑过来，还来不及开口质问，脚下的钉子把他们绊倒了。她跟在德罗克身后，他回头看她，她的"海鸥"挥了挥翅膀。

他是她来到这里以后看到过最果敢最清醒的人，她未尝看不到绝望，只是所有人都被压制在一个膨胀的状态。外面的人看不清里面的状况，人从来只看表层。里面的人觉得看得清楚不如看得模糊，人只看自己愿意看的。她好像能看到他的身体里跳着希望的火。不只是她，他们都看到了。

他转过头看她。

一伙人越过了剪断的篱笆，他们听到了溪流奔腾得太快而不断喘息的声音，这声音就像德罗克之前听到火车摩擦铁轨的喘息声一

174

样。他们即刻听到了喊叫声，回头看有两三个士兵冲过来，实际上不止两三个，后面还有好多人影在黑暗里现形。他们就在逃亡者身后。德罗克掏出枪，他瞄准目标，此起彼伏的"砰"声。

那只"海鸥"舒展开了身体，掉落到黑暗里潮湿的泥土中。

军官们站到他身边，眯着眼对着"海鸥"指手画脚。他看着她来不及闭上的双目，枪口的烟在野外散开。他蹲下身抱歉地笑笑，把枪插进裤腰。

"不好意思，我瞄偏了。"

图书在版编目(CIP)数据

瓶子里的西班牙阳光/ 鲁一凡著.一上海:上海
人民出版社,2014
ISBN 978－7－208－12354－0

Ⅰ.①瓶…　Ⅱ.①鲁…　Ⅲ.①短篇小说-小说集-中
国-当代　Ⅳ.①I247.7

中国版本图书馆 CIP 数据核字(2014)第 119639 号

出 品 人　邵　敏
总 策 划　臧建民　于建明
执行策划　零杂志
责任编辑　林　岚　陈　蔡
技术编辑　汤　靖
封面插画　楚　瑜

世纪文睿出品

瓶子里的西班牙阳光
鲁一凡 著

出　　版　世纪出版集团 上海人 民 出 版 社
　　　　　(200001　上海福建中路 193 号　www.shsjwr.com)
出　　品　世纪出版股份有限公司　上海世纪文睿文化传播分公司
发　　行　世纪出版股份有限公司发行中心
印　　刷　启东市人民印刷有限公司
开　　本　889×1194 毫米　1/32
印　　张　5.75
字　　数　135,000
版　　次　2014 年 8 月第 1 版
印　　次　2014 年 8 月第 1 次印刷
I S B N　978－7－208－12354－0/I·1268
定　　价　25.00 元